Detrás de mi nombre

Alexandra Castrillón Gómez

Detrás de mi nombre
Alexandra Castrillón Gómez
alexandracastrillon.com
alexandra@alexandracastrillon.com

Sígueme en Instagram: @acastrillon

Primera edición 2021.
Primera reimpresión 2021, revisada.
Segunda reimpresión 2023.
Tercera reimpresión 2024, revisada.

Edición: Natalia Hernández Zuluaga
Diseño de carátula: Ginger Magenta

ISBN: 978-958-49-1958-8

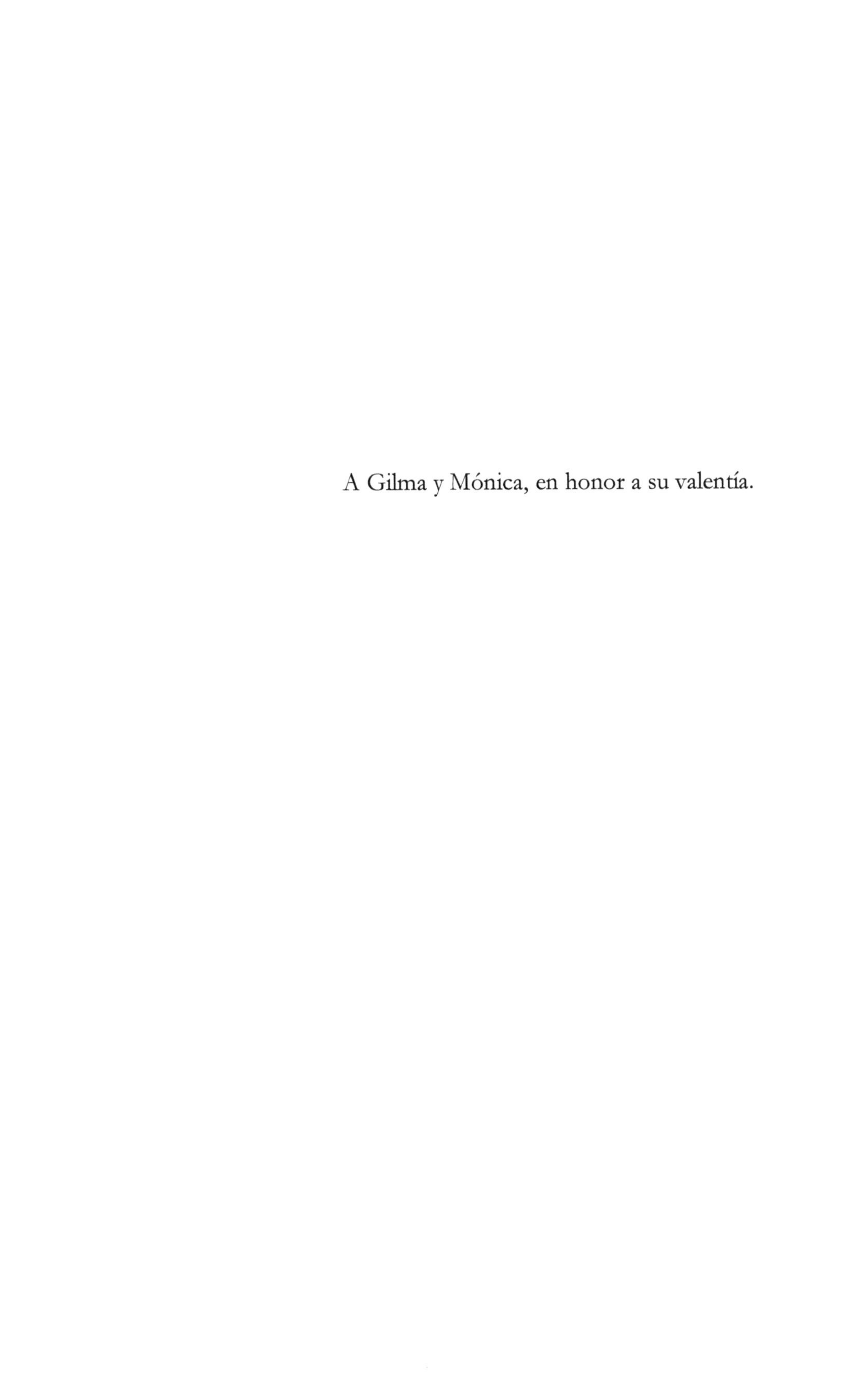

A Gilma y Mónica, en honor a su valentía.

INTRODUCCIÓN

Empecé a escribir *Detrás de mi nombre* en enero de 2020, justo después de renunciar a mi trabajo en mercadeo para dedicarme por completo a la escritura. Tenía tantas ideas de todo lo que quería escribir que luego de un mes deseché por completo el primer borrador porque no me sentía plena con la historia.

Entonces apareció Andrea. Era uno de los personajes de esa historia: una mujer que desconocía la verdad de su pasado, que resolvía todos sus problemas con una pastilla y que buscaba la vida perfecta sacada de una revista. Fui conociéndola, y mientras ella descubría su identidad, yo hacía lo mismo con la mía. ¿Cómo ser escritora? ¿Cómo lograr que todo esto funcione? ¿Cómo entregar a los lectores una novela que es tan importante para mí?

Las respuestas las encontré de la misma forma en que lo hizo ella: reflexionando, explorando, compartiendo, apoyándome en las personas que me aman y, en definitiva, encontrando en el arte (en la escritura en mi caso) el camino para llegar a quien soy, hoy y siempre.

Espero que viajes con Andrea, no solo a México, Colombia y Argentina, sino que la acompañes en su viaje interior, en la sanación necesaria para descubrir que su pasado no define su futuro.

Finalmente, quisiera seguir contando con tu apoyo en mi camino. Ingresa a **alexandracastrillon.com/detrasdeminombre** para descargar el contenido alternativo a la novela que continuaré creando y para mantenerte al tanto de mi evolución como escritora.

Visita alexandracastrillon.com/detrasdeminombre
o escanea el código para acceder a contenido adicional.

1

«Maté a mi papá» era la frase que repetía Andrea mientras caminaba comiéndose las uñas por el pasillo del hospital. Solo se detuvo cuando llegó Paula, la única persona a la que quería ver en ese momento. Después de las horas de angustia que había pasado en la sala de espera de cuidados intensivos, al recibir el abrazo de su amiga se desmoronó ahogándose en su propio llanto. Decenas de personas pasaban a su lado sin fijarse en lo que ella estaba sintiendo, al fin y al cabo no era la primera en perder un padre. Pero para ella Javier significaba papá y mamá, hermanos, primos y abuelos. Era una ciudad entera llamada Medellín a la que no había vuelto, un país que existía a través de las historias que él le contaba. Era un lugar en el cual descansar después de los días duros en el trabajo y de las noches con hombres que nunca le llegarían a él ni a los talones. Un abrazo para celebrar lo bueno y para llorar lo malo. Quedarse sin su papá era perder la conexión consigo misma.

Habían llegado a Ciudad de México cuando ella tenía cinco años. Andrea preguntando cuándo se verían con su mamá y Javier adivinando cómo ser el padre de una niña que lo odiaba. Los primeros meses fueron insoportables: ella se pasaba el día de pataleta en pataleta y en la noche se despertaba a los gritos en medio de pesadillas. Para él era casi imposible adivinar cómo tratarla, pero aunque la frustración lo mantenía al borde de un ataque de ira, al tomar la decisión de irse de Colombia se había prometido que nunca le pegaría a la niña.

Con los meses se fueron conociendo y encontrando. Él se dio cuenta de que su hija era inteligente y que se comportaba mejor cuando le explicaba las cosas. Ella descubrió que aunque era un padre con muy mal carácter, lograba doblegarlo siendo cariñosa. Cuando no pudo ocultarlo más, unos días antes de la primera Navidad en México, Javier le contó que su mamá no llegaría nunca porque había muerto. Durante varios días Andrea volvió a tener pesadillas y a comerse las uñas, pero él con paciencia logró recuperarla y siempre hizo todo lo posible para construirle a «su princesa» una vida en la que pudiera ser feliz.

—Maté a mi papá, Güera —dijo Andrea cuando regresaron a su apartamento después del entierro.

—Nada de eso, fue un accidente —le respondió Paula abrazándola.

—Sí, pero fue mi culpa.

Paula conocía lo suficiente a su amiga como para saber que no era el momento de hacerle ver que estaba equivocada; lo que necesitaba era alguien que le ayudara con las cosas cotidianas que en ese instante no era capaz de resolver: preparar la comida, organizar las pertenencias de Javier, pagar las cuentas, poner la película *Como si fuera la primera vez* cada noche para que se quedara dormida. La acompañó durante las dos semanas que pidió libres en el trabajo, escuchándola cuando necesitaba desahogarse, a veces regañándola porque no quería salir de la cama o ducharse, y (sobre todo) haciéndole sentir que no estaba sola, que mientras ambas vivieran nunca lo estaría.

Andrea la quería como imaginaba que se quiere a una hermana. Estudiaron juntas desde niñas, pero se hicieron grandes amigas en la secundaria cuando la mamá de Paula murió después de una larga enfermedad. Durante años ella asumió progresivamente el rol de madre y ama de casa, encargándose de que todo funcionara para su papá y sus dos hermanos menores. Acostumbrada a ser quien resolvía la vida de los que la rodeaban, Paula fue el apoyo que Andrea necesitó al llegar a la adolescencia, cuando las peleas con Javier se hicieron frecuentes porque él se volvió sobreprotector y ella se sentía atrapada por un hombre anticuado que no entendía sus problemas.

Una vez llegó a la edad adulta las cosas volvieron a estabilizarse entre padre e hija, y cuando ella empezó a trabajar y se fue a vivir sola su relación se transformó en la complicidad de dos amigos. Se veían para comer con frecuencia, y si ella no tenía planes los fines de semana o en las vacaciones, se iban a explorar los pueblos mágicos de México viajando por carretera.

«¿Cómo voy a vivir sin ti, papito?». Los últimos días antes de volver al trabajo Paula le ayudó a crear un espacio para honrar a Javier: un altar en su biblioteca en el que pusieron algunas fotografías de los dos y recuerdos de su vida juntos.

Faltaban pocos días para cumplir treinta años, esa edad en la que ya debería estar casada y tener un hijo (como lo había soñado desde que era niña). Su papá era quien le celebraba los cumpleaños, y aunque Paula quiso organizarle una fiesta sabía que nada iba a evitar que terminara deprimida por el duelo; por eso la invitó a comer a su restaurante favorito donde los viernes siempre había mariachis, pero una vez en su apartamento, cuando se quedó sola, Andrea se emborrachó hasta que perdió el conocimiento.

La resaca al día siguiente le cobró todo lo que había tomado. La persiana estaba mal cerrada y el sol le pegaba directamente en los ojos. Sin ganas de levantarse, se acostó con la cabeza hacia los pies de la cama y durmió hasta que el dolor de estómago la hizo parar. No encontraba las pastillas para la acidez y no había comida en la nevera.

Se miró en el espejo del baño y confirmó lo que ya sabía: estaba destruída. No se había quitado el maquillaje antes de acostarse y se le había regado por toda la cara. Tenía las ojeras más profundas que de costumbre. El pelo estaba enredado por el exceso de laca que había usado para peinarse. Solo llevaba puestos unos calzones y no eran los que tenía la noche anterior. Ni siquiera recordaba cuándo se había ido a la cama. Las imágenes llegaban mientras se miraba y trataba de decidir si bañarse o seguir durmiendo. Recordaba haber tomado cerveza. Y mezcal. Hasta el fondo. También mucho tequila.

Se limpió el maquillaje con desgano y se fue a la cama otra vez. Se dio cuenta de que el hueco en el estómago no era por falta de comida ni por la gastritis. Era el dolor de la vida. Esa ausencia de… de felicidad… Esa ausencia en la que vivía desde que su papá había muerto. Ese silencio que llenaba inútilmente con pensamientos en los que ella estaría sola para siempre. «Soltera. Solterona. Muriendo sola y, seguramente, vieja». Lamentando no haber tenido la valentía de morir con dignidad cuando todavía era joven y exitosa. Ya esa oportunidad se había ido. «¡Tengo treinta y acá sigo!». Llorando en posición fetal, abrazándose como nadie la abrazaba, se quedó dormida otra vez deseando no despertar nunca.

Soñó que era una niña y que caminaba por el barrio de Medellín en el que vivió los primeros años. De las casas salían ruidos estridentes y empezaba a correr. A pocos metros estaba su mamá. Intentó alcanzarla. El vestido azul claro. El pelo suelto. Por más que corrió no logró llegar hasta ella. Trató de llamarla pero no tenía voz. «¡Mamá!». El grito la despertó. Encendió la lámpara de la mesa de noche para tranquilizarse. «Todo está bien», se dijo mentalmente con la voz de su papá.

Tomó el celular para ver la foto más reciente que tenía de él: una en la que ambos sonreían en el mirador de Guanajuato. Eran casi las tres de la mañana. El vacío empezó a crecer de nuevo. Quería llorar con mucha rabia pero solo le salió un pequeño quejido, como un canto religioso que la adormeció.

Se despertó a los pocos minutos. Se despertó un par de horas después. Se despertó al escuchar al vendedor de tamales oaxaqueños que pasaba los domingos a las diez. Se despertó con tanta sed que se tomó un litro de agua sin parar. Se despertó para mandarle un mensaje a Paula antes de que se apareciera en su casa y la despertara. Se despertó a orinar. Se despertó con hambre. Se despertó cuando llegó el domicilio de arroz chino. Se despertó cuando ya no le quedaba sueño... y eran las ocho de la noche del domingo.

El insomnio era peor que las pesadillas. Se preparó un té, se dio una ducha, puso música relajante y casi una hora después decidió (no sin antes poner dos alarmas en el despertador y pedirle al vigilante que la llamara a las siete) recurrir a lo infalible: una pastilla de trazodona.

Los meses siguientes se convirtieron en una triste rutina en la que de lunes a viernes la vida le pasaba por encima mientras ella se escondía en su trabajo como diseñadora gráfica en una agencia de publicidad, y los fines de semana los pasaba de fiesta en fiesta, de hombre en hombre y de cama en cama, hasta que conoció a Ricardo. Cuando lo vio le gustó de inmediato; era imposible ignorarlo, más que por su aspecto físico por la forma en la que se comportaba: estaba siempre bien vestido, dominaba cualquier conversación, era encantador con las mujeres y todo en su vida era de muy buen gusto.

Andrea empezó a imaginarse una vida con él, parecía ser el hombre perfecto para construir la familia que ella no había tenido, pero era pésima creando planes y estrategias: estaba acostumbrada a atraer a los hombres con su espontaneidad, su mente abierta para explorar al momento del sexo, su risa contagiosa y su belleza clásica. Ricardo, que sí era un estratega, también se había fijado en ella. Le gustaba que lo escuchaba atentamente, cómo se dejaba llevar por su conversación envolvente y la forma en la que disfrutaba de sus detalles. Además lo atraía físicamente: era una mujer más alta que el promedio, con una piel blanca que cuidaba muchísimo, el cabello negro y liso, los ojos verdes que resaltaban sus pestañas y sus cejas gruesas. Después de algunas semanas se hicieron novios y en menos de un año le propuso matrimonio.

2

La boda resultó ser un proyecto inconmensurable a pesar de que decidieron fijar la fecha para un año después. Aunque se dio de alta en todos los sitios web relacionados con planeación, bajó las aplicaciones recomendadas y tomó un curso *online*, Andrea decidió contratar a Susana, una *wedding planner*, para que se encargara de todos los detalles. Organizar un matrimonio para doscientos invitados y a kilómetros de donde vivían era un trabajo de tiempo completo, en especial para ella que sentía que debía vivir con lo que trajera cada día y no con una agenda detallada.

Decidieron casarse en San Miguel de Allende, a cuatro horas por carretera de Ciudad de México. Era uno de los lugares favoritos de ambos; aunque cada año se volvía más turístico y los precios subían sin sentido, Andrea seguía encontrando un placer enorme en caminar por sus calles empedradas, entre las fachadas de colores intensos, los balcones metálicos y las enormes puertas de madera que le daban un aspecto acogedor. «Se parece a Cartagena», le decía su papá, y aunque él nunca había ido a esa ciudad colombiana, en su imaginación era lo mismo «pero sin las murallas y sin el mar».

San Miguel de Allende tenía restaurantes internacionales magníficos, a la altura de los expatriados que llegaban en masa a vivir allí, pero el plan favorito de Andrea era disfrutar de la comida local: las gorditas de maíz azul, rellenas de picadillo y chicharrón prensado ocupaban un lugar privilegiado en sus antojos cotidianos. Su papá las comparaba siempre con las arepas de Santander, una región de Colombia donde hacían una torta similar pero con maíz amarillo. Otro plan que le encantaba era visitar las galerías y los talleres de los artistas, especialmente pintores, que habían elegido ese lugar atrapado en el tiempo como su sede; muchos la reconocían como una visitante asidua y la invitaban ocasionalmente a la inauguración de sus exposiciones.

La ansiedad apareció conforme pasaban los meses. Le parecía que el vestido le quedaba más ajustado cada vez que se lo medía, y saltaba de una dieta a otra o probaba todas las pastillas que le recomendaban intentando llegar a la boda tan delgada como fuera posible. Discutía con Ricardo varias veces por semana: no lograban ponerse de acuerdo en la lista de invitados, la banda que tocaría en el matrimonio o el color principal de la decoración; todos los temas desataban una pelea, y el más recurrente era el del presupuesto que seguía subiendo con la definición de los detalles.

Ricardo no estaba dispuesto a que fuera ella quien decidiera todo lo relacionado con la boda; tenía una idea muy clara de la imagen que iba a proyectar ante los invitados, especialmente con las personas importantes de su empresa, una cadena de almacenes por departamentos, a quienes quería impresionar para seguir ascendiendo dentro del departamento de logística. Ella tampoco quería negociarlo; la vida perfecta comenzaba con esa boda que se había imaginado millones de veces. Al final, de manera muy hábil, apelando a su experiencia y con mucha dulzura, Susana lograba convencerlos de lo que ella consideraba la mejor opción para avanzar en los aspectos que necesitaban definir según su estricto cronograma.

Los días para Andrea eran un infierno, y al salir del trabajo sentía que el Viaducto era como la muralla de Dite, y lo que venía a continuación siempre era peor: horas de discusión con Ricardo, aparentar que todo estaba bien, mentir diciendo que ya había cenado algo en el trabajo, tomarse una pastilla para dormir o para la depresión o para bajar de peso o para contrarrestar los efectos de todas las anteriores.

Uno de los temas que más ansiedad le causaba era no tener a su papá para que la entregara en la boda. No solo porque la ausencia de su familia generaría incontables conversaciones entre los invitados, sino porque era una imagen que repetía mentalmente desde niña. Recordaba con nostalgia las miles de veces que lo había hecho jugar con ella a que se casaba: caminando de rodillas para quedar a su altura, Javier la llevaba de gancho por una iglesia imaginaria mientras tarareaba la marcha nupcial. Nunca faltaban el velo ni el ramo de flores, y aunque al final del pasillo no la esperaba nadie, ellos sonreían al saludar a los muñecos que asistían a la boda. «Voy a ser la novia más hermosa del mundo, papá… como tú siempre me decías».

La mayoría de los asistentes serían de la familia del novio, sus amigos y personas de su círculo profesional. Ella invitó a algunos compañeros de la universidad con quienes seguía en contacto y a sus colegas del trabajo, quienes se sentían obligados a asistir a pesar de no ser tan cercanos. «Todo va a estar bien después de la boda, es normal que esté tan ansiosa». Habían acordado pagar los gastos de manera proporcional según sus ingresos y ella tuvo que hacer un préstamo para llegar a la cifra que necesitaba cubrir porque no tenía dinero ahorrado. Una vez casados se irían a vivir a un apartamento en Santa Fe, un barrio que para ella carecía de personalidad, pero que estaba cerca del trabajo de ambos y sería conveniente para cuando tuvieran hijos.

Ricardo también culpaba a la preparación de la boda por el comportamiento de Andrea, aunque le parecía exagerado que tuviera tantos cambios de ánimo y observaba que había descuidado su apariencia física en los últimos meses. Inclusive no habían vuelto a hacer el amor, y para evitar las peleas compartían menos tiempo juntos.

Faltando seis meses Andrea empezó a sentir que estaba cometiendo un error. Pasaba la noche despierta pensando que al día siguiente tendría que levantarse, salir de la cama, bañarse e irse a trabajar. Previendo que en el día pelearía con Ricardo por cualquier tontería y que llegada la noche se sentiría más sola y vacía que nunca.

Ese espacio. Ese hueco. Ese hoyo negro que se estaba comiendo todo lo que llevaba por dentro. «Faltan ciento dieciocho días. Ojalá pudiera dormirme y despertar como la señora Pérez. Dormirme y despertar con dos hijos. Dormirme y despertar con una familia hermosa, viviendo en una casa grande en Las Lomas. Dormirme, despertar con mi papá vivo y contarle que tuve una pesadilla en la que él estaba muerto».

Al día siguiente la energía apenas le alcanzaba para obligarse a salir de la cama. Darse una ducha parecía tan imposible como llegar a Marte. Todos sus esfuerzos los enfocaba en mantener las apariencias, en fingir que estaba estresada por la boda. «Ochenta y tres días». Algunas mañanas sentía que retomaba el control y que de nuevo podía ser una persona «funcional», pero el deseo de hacer todo lo que tenía pendiente la agotaba.

Estaba viviendo en piloto automático. Simplemente seguía las instrucciones que le daba Susana. Despedidas de soltera. *Bridal showers*. Pruebas de vestido. Ensayos de boda. Preparación del ajuar. Trámites legales. Compras para el nuevo apartamento. «Afortunadamente Ricardo se está encargando de la luna de miel».

En los días previos a la fiesta algo se había sumado a los detonantes de ansiedad: su suegra quería involucrarse en todos los detalles. Antes del compromiso era poco el contacto que tenía con los parientes de Ricardo, y por lo general solo los veía en las reuniones familiares importantes; pero un par de meses antes de la boda él organizó una cena con sus papás y sus hermanos, y desde entonces Gabriela se atribuyó el derecho de opinar en las decisiones que ambos tomaban. A nadie más parecía importarle, ni siquiera Susana veía un problema en tener a una nueva persona involucrada en la organización del matrimonio, pero a Andrea todo lo que pasaba con su suegra le incomodaba. «Tú no conoces bien las tradiciones mexicanas». «Así no es como debería hacerse». «Déjame explicarte mejor». «Es normal que desconozcas estas cosas, no eres de acá». «Te veo muy cansada últimamente, yo voy a encargarme de eso». Ella no podía ni siquiera quejarse porque todos le decían que estaba exagerando; hasta Paula le había aconsejado que dejara que Gabriela tomara la batuta en algunas cosas.

Un mes antes del matrimonio, su suegra insistió en acompañarla a la última prueba del vestido. «Necesitas los ojos de una madre en un momento así». Cuando salió del probador, Gabriela no pudo ahorrarse el comentario sobre lo delgada que estaba:

—¡Pareces un gancho de ropa! O subes de peso o cambias de vestido, no puedes aparecer en la boda como una anoréxica.

Los empleados del taller de diseño se miraron sin saber cómo manejar la situación. Andrea tenía tanta rabia que empezó a llorar. Gabriela interpretó de manera errónea el llanto de su nuera.

—No llores. Es verdad que te ves muy fea, pareces un esqueleto... te sobra mucha tela por todos lados, pero no es para tanto… Este mes subes un par de kilos y quedas perfecta.

En un ataque de ira, Andrea se quitó el anillo de compromiso, se lo tiró a Gabriela a los pies y salió corriendo a desvestirse. Ricardo empezó a llamarla insistentemente mientras estaba encerrada en el probador. Los empleados del taller tocaban a la puerta. «No voy a salir nunca de aquí. Los odio. Los odio a todos. Los odio». Escuchaba a su suegra decir que ya se le iba a pasar, que todas las novias se volvían histéricas. Paula la llamaba a su celular. Casi media hora después el diseñador del vestido llegó para hablar con ella. Sentía que las paredes del pequeño cuarto se iban acercando. Se veía en el espejo y le parecía que realmente era una muerta en vida. Le faltaba el aire. No lograba bajarse el cierre del vestido. Estaba atrapada en ese espacio diminuto. El aire. El aire. Se hizo el silencio.

—Amiga, soy yo… Ábreme. Paula habló desde afuera del probador—. Estoy sola.

Le abrió la puerta y se puso a llorar ahogada. Paula le ayudó a quitarse el vestido y a ponerse su ropa. Le aseguró que ya su suegra se había ido y que había hablado con Ricardo para pedirle que esperara a que ella le devolviera la llamada. Poco a poco el llanto se fue silenciando. Paula colgó el vestido, le limpió la cara como si fuera una niña, respiró con ella para que se calmara. No mencionó a Gabriela, no habló del anillo. Cuando Andrea se tranquilizó salieron del vestidor como si nada hubiera pasado. Paula les informó a los empleados que la novia estaba un poco indispuesta y que agendarían una nueva cita. Se fueron a la Nevería Roxy donde vendían los helados favoritos de ambas y adonde Javier la llevaba cuando tenían algo que celebrar.

—Es muy difícil para mí decirte esto pero… creo que necesitas ayuda —le dijo Paula que llevaba varios días pensando cómo tocar el tema sin ofenderla.

—Sí, yo también he pensado en contratar a alguien para que se deshaga de mi suegra, pero me parece peligroso —bromeó Andrea mientras se comía la última cucharada de su helado.

—Es en serio, no te hagas la graciosa. No sé si después de lo que te voy a decir vamos a seguir siendo amigas, pero no puedo ver cómo destruyes tu vida y quedarme callada. Ya me arrepiento de haberme demorado tanto.

Andrea se dio cuenta de que su fachada no había sido convincente. Escuchaba a Paula hablarle de los ataques de ansiedad, de lo poco que comía, de las ojeras que delataban su insomnio, de lo irritable que estaba siempre. Intentó negarlo. «Es por la boda, Güera; ya se me pasa». Pero su amiga no se dejó convencer. «Necesitas ayuda» le repetía una y otra vez. «Claro que no necesito ayuda, sé controlarlo». Paula empezó a llorar.

—Me da miedo… me da miedo cuando ya es mediodía y no me has hablado. Si te escribo y no me respondes rápido… pienso… pienso que te… Me da miedo llegar a tu casa y encontrarte… No me hagas esto por favor… no te vayas a suicidar.

Andrea no podía creer lo que estaba pasando. «¿Cómo lo supo?». Quiso enojarse. Decirle que la que necesitaba ayuda era ella por andar alucinando. «¿Cómo se atreve?». Quiso hacerse la digna. Salir corriendo y no hablarle nunca más. «¿Cómo?». Quiso reclamarle por no haberla rescatado a tiempo. Por dejarla seguir adelante cuando cada día la vida le dolía. Por no haberla sacudido antes. Por no decirle todo eso cuando todavía podía frenarlo. Finalmente se quebró y la abrazó. Después de unos minutos pudieron hablar con mayor tranquilidad.

—No sé por dónde empezar —dijo Andrea bajando la mirada con vergüenza.

—Yo conozco a una buena psicóloga; déjame conseguirte una cita — respondió Paula mientras buscaba en su bolso el teléfono para llamarla.

—Tal vez necesite algo más —la interrumpió Andrea.

Le contó que todos los días tomaba pastillas. Que desde hacía varios meses no podía coordinar las ideas sin consumir algún tipo de medicamento. Que cada vez que intentaba dejarlos caía más profundo. Que todo le dolía por dentro. Que ya no se cuidaba ni siquiera de no mezclar lo que tomaba. Que a veces se excedía en las dosis anhelando no despertarse más. Paula la miraba entendiendo que lo que ella veía era apenas una pequeña parte de lo que realmente estaba pasando. Se sintió muy triste. Se culpó por no haberlo intuido. Contuvo las ganas de llorar nuevamente.

Fueron al apartamento de Andrea y le mostró las pastillas que tenía guardadas en su casa. Paula no podía creer que fuera tan fácil comprar todos esos medicamentos que en teoría estaban restringidos. También le contó que llevaba varios meses sin menstruar pero que sabía que no estaba embarazada porque no había hecho el amor con Ricardo. Volvieron a llorar juntas. Concluyeron que tampoco sería bueno que dejara las pastillas de golpe sin ayuda profesional. Mar, la psicóloga, le había dado una cita para el día siguiente y Andrea llamó a su jefe para reportarse enferma.

Esa noche no pudo dormir pero fingió que lo hacía para no alertar a Paula. Pensaba en todas las cosas que habían pasado desde la muerte de su papá y se avergonzaba de haber caído tan bajo. Tenía miedo de lo que venía a continuación, de tener que hablar con una desconocida sobre lo que la atormentaba. Tenía miedo de dejar las pastillas. De enfrentar a Ricardo y tomar una decisión con respecto al matrimonio. De lo que dirían en la oficina una vez se enteraran.

Recordó con dolor el día en que Javier murió. La noche anterior ella había salido de fiesta con algunos amigos, había tomado más de la cuenta y en cierto momento se sintió muy desorientada. Llamó a su papá para preguntarle si podía recogerla, sin fijarse que eran casi las cuatro de la mañana. Estaba tan ebria que se fue con un hombre al que había conocido en la fiesta y lo siguiente que supo fue que Paula llegó a buscarla a su apartamento para avisarle que Javier estaba en cuidados intensivos: había tenido un accidente de tránsito al amanecer. «¿Cómo pude hacerte esto, papá?» Después de varias horas en cirugía los médicos no tenían un buen diagnóstico. Pudo verlo brevemente. Estaba en una habitación de paredes de vidrio. El ambiente olía a lejía y solo escuchaba los pitos agudos de los aparatos que lo mantenían con vida. Tenía una contusión en gran parte de la mandíbula y le habían rasurado la cabeza. El resto del cuerpo estaba tapado bajo sábanas de color verde claro. Ella lo miraba sin entender. Lo sacudió un poco deseando que se despertara. Minutos después, mientras esperaba al médico en la sala, le avisaron que había fallecido.

Cuando sonó el despertador sintió alivio de que esa noche por fin había terminado y, de inmediato, pánico por el día que tenía que enfrentar. Paula la animó diciéndole que sería lo mejor para ella y se dejó llevar confiando en que su amiga tenía más claridad en ese momento. Mientras iban hacia el consultorio veía las jacarandas florecidas en el paseo de la Reforma sin pensar en nada más: el primer recuerdo de su llegada a México cuando era niña. A diferencia de lo que esperaba, el consultorio de Mar no estaba en un centro médico sino en su apartamento en Nuevo Polanco. La recibió en la sala de su casa, con un vestido suelto en tonos pastel. El ambiente olía a flores aunque no pudo ver ninguna. Repasó el lugar de arriba a abajo y también a la psicóloga, sin entender cómo esa mujer menuda con voz suave y piel casi transparente podía ayudarla. Paula preguntó si debía quedarse y Mar sugirió que las acompañara en esa primera sesión. Andrea la miró con ojos suplicantes y luego de una taza de té y de hablar sobre el clima la conversación empezó a ser más profunda.

Hubo silencios. Vergüenza. Dolor. Angustia. Rabia. Llanto. Confesión. Sin darse cuenta habían pasado casi tres horas y Andrea empezaba a sentirse ligera por primera vez en meses. Mar le dijo que debía comenzar el tratamiento con un psiquiatra que le ayudara en el proceso de desintoxicación por todas las pastillas que estaba consumiendo, y que ella la apoyaría en la parte psicológica. Le recomendó a una profesional con la que había trabajado antes y consiguió que abriera un espacio ese mismo día para evaluarla.

Después de revisar las notas de Mar, la psiquiatra le hizo algunas preguntas y le ordenó hacerse exámenes de sangre. Una vez revisó todo el cuadro clínico sugirió retirar progresivamente las pastillas, complementar con otros fármacos y empezar el tratamiento psicológico. Las siguientes dos semanas serían decisivas y difíciles; le escribió una incapacidad médica y sugirió que estuviera acompañada todo el tiempo por alguien de confianza. Paula no podía ausentarse de su trabajo tanto tiempo, la única alternativa era que Ricardo también participara.

No había hablado con él desde el incidente con su suegra y temía su reacción. Era un hombre muy severo y estricto en todo lo que hacía. Desde las camisas perfectamente planchadas hasta el horario de las comidas, no le gustaba que nada se saliera de sus planes. Paula se ofreció a hablar primero con él para ver cómo estaba su temperamento pero Andrea decidió enfrentarlo de una vez. No contestó las dos primeras llamadas y a la tercera atendió de manera hostil. Ella empezó ofreciéndole disculpas, no solo por lo que había pasado con Gabriela, sino por la forma en la que se había comportado en los últimos meses. Eso lo sorprendió, no esperaba que su prometida fuera consciente de lo errática que había estado. Ella no quiso contarle nada por teléfono y le pidió que se vieran en su apartamento en la noche.

La encontró con ropa de casa, sin maquillaje y con el pelo recogido en una cola. Después de un frío saludo, se sentaron en la sala como si fueran un par de desconocidos. Andrea le ofreció algo de tomar y él le advirtió que la visita sería corta. Ella empezó a contarle todo de la manera más transparente que pudo. Su sentimiento de culpa por la muerte de su papá. Las noches de insomnio. Los ataques de ansiedad. La depresión. La adicción a las pastillas. Los pensamientos suicidas. Él la escuchó sin interrumpirla y sin mostrarle ningún gesto de empatía. Ella le contó que había empezado ese día un tratamiento psiquiátrico y que inicialmente estaría incapacitada por dos semanas.

—Falta menos de un mes para la boda. Haz lo que sea necesario para estar presentable ese día —le dijo en un tono completamente indiferente.

—Ricardo… Amor…, yo no creo que sea conveniente seguir con la boda en este momento.

—Olvídalo. No vamos a posponerla. Hay demasiado en juego. ¿Qué tengo que hacer?

La miraba con una frialdad que Andrea no reconocía en él. Le explicó que necesitaría compañía permanente y él sugirió que su mamá podía hacerse cargo.

—No creo que sea conveniente…

—En ese caso contrata a una enfermera. —Ambos se quedaron en silencio—. Bueno… si no es más, me voy. Mañana reviso con Susana las tareas de la boda y le pido que coordine contigo y con mi mamá lo pendiente.

Sentada en medio de la sala intentaba entender cómo el hombre con el que se iba a casar podía dejarla sola después de lo que le había contado. «Necesito un trago». Buscó una botella de vino y se sirvió en un vaso. Cerró los ojos. Inhaló el olor a madera mientras sentía la bebida mojándole los labios apretados. Botó el vino en el lavaplatos (el del vaso y el de la botella) y llamó a Paula, quien contaba con que Ricardo se hubiera quedado esa noche con Andrea.

No tenía a nadie más en el mundo, Paula era su único soporte en la vida. Cuando le abrió la puerta venía cargada con un par de maletas para quedarse el tiempo que fuera necesario.

—No me importa si me echan del trabajo —comentó mientras arrastraba el equipaje hasta la habitación—. ¿En qué lado de la cama quieres que duerma?

Andrea la abrazó llorando: era su hermana. Paula puso en el comedor todos los medicamentos y el licor que había en el apartamento. Revisó las instrucciones de la psiquiatra sobre las pastillas y las dosis que debía tomar, todo lo demás lo llevó a su carro. Hizo un horario que pegó de la nevera. Llamó a su jefe, le explicó la situación y se comprometió a trabajar en el horario habitual y a estar disponible veinticuatro horas al día si era necesario. Ordenó mercado a domicilio. Organizó su ropa en el armario e instaló sus cosas en el baño. Después de que Andrea se tomó las pastillas correspondientes, pusieron *Como si fuera la primera vez*, aunque ninguna de las dos la terminó de ver.

Como lo anticipó la psiquiatra, esas semanas no fueron fáciles. Había noches en las que Andrea se despertaba por las terribles pesadillas y días en los que tenía ataques de ira. En algunos momentos parecía completamente ida, no expresaba sus ideas de manera coherente. Cada mañana era difícil sacarla de la cama y que se duchara. Tenía sesiones con Mar cada dos días de las que salía aparentemente centrada, pero las recaídas llegaban incluso pocas horas después. Ricardo llamaba a Paula para preguntar por los avances y, aunque ella intentaba involucrarlo, siempre la cortaba rápidamente.

—Andre, tienes que cancelar la boda —le dijo Paula una mañana que la vio más tranquila que de costumbre.

—Imposible… Ricardo me mata. No hay tiempo suficiente. Inclusive, sus primos que viven en Estados Unidos ya llegaron a la ciudad.

—¿En serio vas a casarte con él?

Ambos habían invertido mucho dinero en la boda y los plazos de cancelación se habían vencido varias semanas atrás. Los invitados tenían sus planes de viaje confirmados y la mayoría había reservado la estadía en el mismo lugar de la recepción, donde las tarifas eran bastante elevadas. Andrea esperaba que una vez ella estuviera mejor y pasara la boda, las cosas se estabilizaran y pudieran seguir adelante con la relación. La psiquiatra le había explicado que sus hormonas volverían a la normalidad y en sus planes estaba embarazarse cuanto antes.

Después de las dos semanas iniciales, tuvo una cita de control en la que la psiquiatra encontró sus exámenes de sangre casi en los rangos normales y, en conjunto con Mar, sugirió que retomara sus actividades de manera progresiva. Paula se quedó en su apartamento y ambas intentaron reconstruir su vida de la mejor forma posible.

La boda transcurrió tal y como estaba previsto. Susana hizo un muy buen trabajo planeándola y, a excepción de algunos eventos previos que se cancelaron para que los invitados no notaran que Andrea actuaba de manera diferente, el fin de semana del matrimonio todo se ejecutó como esperaban. Los asistentes quedaron impresionados por el lujo con el que se celebró la fiesta en la hacienda que habían elegido. Desde la cima de una colina y rodeados por viñedos, durante la tarde tuvieron una hermosa vista hacia la represa y en la noche a lo lejos se veían las luces de San Miguel de Allende. Paula estuvo encargada de mantenerse al lado de Andrea para darle apoyo en cualquier ataque de ansiedad y uno de los meseros debía servirle agua de jamaica cada vez que se le acababa la copa para mantenerla alejada del licor.

Aduciendo que tenía mucho trabajo, Ricardo canceló el viaje de luna de miel y el gesto fue muy bien recibido por su jefe, quien ya veía en él al ejecutivo idóneo que podría seguir creciendo en la empresa.

3

Desde que se casaron Andrea dejó las pastillas anticonceptivas. Los primeros meses se sintió muy extraña. El médico le había advertido que era posible que aumentara de peso o que le saliera acné, pero lo que pasó fue completamente inesperado: quería tener sexo todo el día. Empezó a ver a sus compañeros de trabajo más guapos que antes. Se compró una colección de juguetes sexuales. Averiguó cuáles eran los mejores sitios web de porno y se suscribió a sus favoritos. Cuando Ricardo llegaba del trabajo tenía muchas ideas de todo lo que quería experimentar. Pensaron que quedar embarazada iba a ser lo más fácil del mundo.

Su relación se había estabilizado alrededor de algo que ambos etiquetaban como felicidad, hasta que Andrea se despertaba con migraña, con dolor en los pezones, o con una tristeza inexplicable, y durante el día confirmaba que ese mes tampoco había quedado embarazada. Ella que no tuvo mamá, ni abuela, ni hermanos, ni primos, siempre pensó que sería una gran madre. Él que tuvo una familia numerosa pensaba que la felicidad se expandía con cada hijo y temía que a sus treinta y dos años su esposa ya estuviera «demasiado vieja». Físicamente ambos estaban bien, los exámenes no mostraban ningún problema que afectara su fertilidad. En un papel pegado a la nevera llevaban el control de los ciclos de Andrea y de los días en los que tenían relaciones sexuales.

Aun así, la sangre llegaba cada mes y una tensa calma empezó a hacerse evidente.

—¿Has pensado que no tener hijos también es una opción? —le preguntó Paula un día que la vio más triste que de costumbre.

—Ya sé lo que piensas y que para ti es muy normal, pero en mi caso…

—Pensar que sin hijos no estás completa, perdóname pero... es una idea del siglo pasado.

—Sé que no lo entiendes, pero es lo que necesito para llenar este vacío.

Ricardo y Andrea volvieron a discutir con frecuencia. Él la culpaba por haber sido una borracha o una adicta o una libertina o cualquier otra frase hiriente que se le ocurriera en el momento. Incluso la llegó a acusar de planificar a escondidas. Ella no sabía cómo contradecirlo. El hueco que tenía en el útero no se llenaba nunca y seguía expandiéndose por todo su cuerpo. Él la convenció de que renunciara al trabajo para que pudiera estar más relajada y concentrarse en lo que en ese momento era importante: quedar embarazada.

La decisión fue fácil de tomar; el trabajo ya no le causaba ninguna satisfacción y a duras penas tenía interés ocasional por algunos proyectos. Llevaba meses sintiéndose una «damita godínez», contando los minutos para irse a la casa al final de la tarde y los días para recibir el pago. Los fines de semana los rellenaban con encuentros familiares o con eventos sociales de amigos y compañeros de trabajo de Ricardo.

Convertirse en ama de casa nunca estuvo en sus planes, pero realmente quería tener una familia. «Una familia». Esas dos palabras significaban para ella un papá amoroso que cuida a sus hijos y provee para el hogar, una mamá siempre atenta de las necesidades de todos y que los trata con cariño, unos hijos curiosos con el mundo y que ven en sus padres el modelo a seguir. Sabía que no era lo que vivían las familias modernas, pero estaba convencida de que ella podría lograrlo. «Si quedo embarazada». Se inscribió a cursos, compró libros, visitó todos los médicos que le recomendaron, dejó por completo el licor, incluso por sugerencia de su suegra subió algunos kilos para tener «el cuerpo perfecto para la maternidad».

Hacer el amor se fue convirtiendo en una obligación y no en un encuentro. Únicamente tenían sexo en sus días fértiles para que el semen de él fuera de mejor calidad. Solo lo hacían en la posición del misionero y una vez él eyaculaba ella se quedaba acostada al menos por dos horas con las piernas hacia arriba. Entre semana lo hacían en la mañana antes de él irse al trabajo y en la noche después de cenar. Si era fin de semana tenían sexo tres o cuatro veces. Después de algunos meses ella ya no encontraba ninguna satisfacción y él comenzó a perder el interés, a tal punto que para llegar a una erección tenía que poner alguna película porno.

El resto de su convivencia se volvió completamente mecánica. Después de que Andrea agotó sus últimos fondos, Ricardo le asignó una cuenta para que cubriera los gastos de la casa, pero si necesitaba algo personal como cortarse el pelo, comprarse ropa o irse a un café a pasar la tarde, primero debía discutirlo con él. Se sentía incomprendida por Paula y evitaba verla. Ricardo la convenció de que su amiga le tenía mucha envidia: mientras que Andrea se había casado en una boda espectacular y con un ejecutivo exitoso como él, ya no tenía que trabajar y disfrutaba de un hermoso apartamento, Paula seguía sola, con suerte lograba sostener alguna relación, vivía al otro lado de la ciudad y manejaba un carro viejo que la dejaba varada todos los meses.

Llegó el tercer aniversario de su matrimonio y no habían hecho el viaje de luna de miel. Andrea le propuso que pasaran el fin de semana en San Miguel de Allende pero su empresa iba a abrir un nuevo almacén en Guadalajara y él tenía que irse durante varios días. Fue extraño quedarse sola por primera vez desde que se casaron y más en una fecha que debía ser especial.

El sábado se entretuvo organizando el apartamento a fondo, pero el domingo, sin ningún plan, el silencio y la ansiedad empezaron a encontrar espacio. «¿Qué va a pasar si no logro embarazarme?, ¿o si mi cuerpo rechaza al bebé? ¿Y si Ricardo me abandona?, ¿por qué no me llevó al viaje? ¿Será que tiene otra? ¿Y si Ricardo me abandona? Tal vez sería mejor no existir». Buscó las pastillas que tenían en la casa y las puso sobre la mesa del comedor. Todas se veían bastante inofensivas: para el dolor de cabeza, el malestar estomacal, las alergias… Ya no tenía los teléfonos de sus proveedores de medicamentos pero sabía que sería fácil encontrarlos: un amigo conocía al amigo de un amigo que fue quien le dio la información algunos años atrás. «Tengo que controlarme, debe ser que me va a bajar». Llevaba más de un año sin consumir licor y sintió un deseo enorme de tomarse todo lo que tenían en el apartamento. «Un trago de cada uno y Ricardo no va a notarlo». Se sirvió una copa. Dos. Tres. Quince. Con la música al máximo volumen bailaba desnuda por todo el apartamento. «Un poquito más, no me hará daño».

Sin llevar la cuenta de cuánto o qué había tomado, sintió de repente un fuerte dolor en el vientre. No alcanzó a llegar al baño antes de empezar a vomitar. «Maldito ginebra, sí que me caes mal». Vomitó la cena completa y cuando ya solo le salía una baba ácida seguía sintiendo el dolor en el abdomen. «¿¡Qué mierda!?». Mientras se limpiaba la cara con asco al ver que también se había ensuciado el pelo, un cólico fuerte la dobló en el piso. Se sentó en el sanitario y tras un dolor intenso vio un coágulo de sangre caer al agua. Se arrastró como pudo hasta el celular.

—Paula… ayúdame… Estoy mal.

—¿Qué peda traes?

—Ven rápido.

Paula la encontró acostada en el suelo del baño, temblando y con fiebre. La subió al carro y la llevó a la clínica tan rápido como pudo. Un par de horas después el médico le informó que había tenido un aborto y que además estaba intoxicada por el exceso de alcohol.

La noticia fue muy difícil para Andrea. Sentía que había matado a su bebé. «¿Cómo no me di cuenta?». Siempre había creído que cuando se embarazara lo sabría desde el primer momento. Había leído que algunas mujeres podían intuir que serían madres y pensó que ese iba a ser su caso. Tenía pocas semanas de gestación, ni siquiera se había preocupado por el retraso en el período y el médico le explicó varias veces que era muy común que eso pasara, que un gran porcentaje de mujeres tenía abortos sin darse cuenta y que no estaba relacionado necesariamente con haberse emborrachado esa noche, como ella creía.

Ricardo regresó tan pronto como pudo del viaje, sin entender por qué Andrea había actuado de manera tan irresponsable. Después de pasar un par de días en la clínica, ya desintoxicada, le dieron de alta.

—¿Qué tienes en la cabeza? ¿Cómo se te ocurrió emborracharte? —le gritó cuando entraron al apartamento.

—Ricardo... Amor... Yo... —No sabía exactamente qué responderle. El sentimiento de culpa la atormentaba profundamente—. Perdóname... el médico dijo... que son buenas noticias...

—¿Qué dices?

—Sí, esto significa que sí puedo embarazarme... Podemos empezar un tratamiento.

Sus palabras lo calmaron momentáneamente. Sentía la presión de su círculo social por llevar tres años casado sin tener hijos. Guardó todo el licor bajo llave y le advirtió a Andrea que no volvería a dejarla sola.

Ella odiaba tener que ponerse una máscara para que no adivinara lo que estaba sintiendo, pero no quería preocuparlo. «No merece que lo arrastre conmigo». Pero la máscara hacía más presión sobre todos los sentimientos que ocultaba y, cuando él se iba a trabajar y por fin estaba sola, la explosión era incontenible y lloraba intentando sacar todo el dolor que parecía reproducirse como un virus.

«Una hija sin padre. Una madre sin hijo». Era lo que se repetía día y noche. Especialmente de noche cuando el ruido interior superaba al ruido exterior. Se sentía avergonzada de eso que tenía. «¿Cómo podré fingir toda la vida?» Llanto. Dolor. Vacío. Desesperación. Ganas de no existir. «Si muero no tendré que sufrir más».

La tentación de las pastillas regresó y antes de caer en ella le escribió a Mar para solicitarle una cita urgente. Durante la consulta la psicóloga encontró varias señales de alerta: aunque no estaba en el nivel de depresión de la primera vez, era evidente que había desarrollado un fuerte sentimiento de inferioridad, en especial frente a Ricardo, a quien más que respeto parecía tenerle miedo. Dejar de trabajar, haberse alejado de sus amigos, perder a su bebé e incluso subir de peso eran temas que la hacían sentir menos valiosa. Mar le sugirió que retomaran las terapias semanales y que introdujera en su vida otras actividades que pudieran hacerla feliz.

—La verdad es que… no tengo dinero para pagar las citas —admitió Andrea con vergüenza.

Mar se sorprendió. Sabía que Ricardo era un hombre con recursos.

—Podríamos pasarlas por el seguro médico y así te salen más económicas —le dijo la psicóloga.

—Pero… ¿Ricardo se daría cuenta?

—Creo que sí, queda en el historial del seguro.

—No. No quiero que lo sepa —dijo Andrea con lágrimas en los ojos.

—¿Te parece mal que tu esposo sepa que vienes a terapia?

Bajando la mirada Andrea quiso decir lo que era incapaz de expresar. Después de pensar en opciones, Mar le propuso que hicieran un intercambio de servicios: Andrea le haría algunos diseños para la comunicación de su consultorio en contraprestación por las citas semanales; sin embargo, la psicóloga entendió que el problema con Ricardo era un punto por trabajar del que apenas veía la superficie.

Sus diseños eran bastante llamativos y Mar la recomendó con algunos colegas que empezaron a contratar sus servicios. Rápidamente se dio cuenta de que incluso podía ganar más dinero que antes y abrió una cuenta bancaria para ahorrar lo que recibía. Ricardo estaba más exigente; al llegar en la noche la casa tenía que estar impecable, la comida debía ser elaborada y si era uno de sus días fértiles el sexo era más rudo que antes.

En la medida en que avanzaba en las terapias Andrea empezó a comprender que su matrimonio carecía de límites sanos. Ricardo siempre lograba manipularla aprovechándose de su sentimiento de inferioridad, pero ella no veía una forma de mejorar las cosas.

—¿Y si le propones que vengan juntos a terapia? —sugirió Mar en una de las citas—. Guardando nuestra confidencialidad, no le diría que ambas estamos trabajando hace algunos meses.

—No lo veo, Mar… Para él…

—¿…la psicología es basura?

—Bueno, no diría algo tan fuerte, sería inapropiado. Pero seguro es lo que piensa.

—¿Qué tal si lo mencionas indirectamente? A veces los hombres como él no saben cómo expresar ciertas cosas y terminan encontrando en la terapia un camino que los libera.

Aunque Andrea prometió hacerlo, no encontraba la forma y fueron pasando los días sin que ninguna de las dos tocara el tema.

4

Ricardo le pidió el divorcio seis meses después del aborto. Teniendo en cuenta que no había podido embarazarse, no le veía sentido a seguir juntos. Hubo mucho odio en la discusión, frases en las que él la llamó desorientada, adicta y huérfana.

—¿Te das cuenta de que estás loca?

—¡Más loca estará tu madre que me quiere llevar a un brujo para quedar embarazada!

—Con mi mamá no te metas; deja de inventar mentiras.

—¡¿Ah, no me crees?! Mira los mensajes que me manda.

—A ti no te creo nada. No me extraña que quieras mantenerme amarrado con la esperanza de que vas a embarazarte.

Andrea le levantó la mano para darle una cachetada y él la empujó contra la pared, causándole un fuerte golpe en la cadera.

—Hasta aquí llegamos. Te vas de mi casa hoy mismo.

—¿De tu casa? ¿Y a dónde me voy a ir, Ricardo? Yo no tengo a nadie.

Se levantó con mucho dolor, aferrándose a la rabia que tenía en ese momento. Mientras empacaba algo de ropa en una maleta, Ricardo se acercó en un tono conciliador. Consciente de que podía terminar en un problema grave por haberla empujado, prefirió manejar las cosas con tacto y le dijo que podía quedarse unos días, él se iría a un hotel el resto de la semana para que ella organizara todo. Su abogado la buscaría para arreglar los detalles del divorcio.

Algunos minutos después de marcharse, Paula la llamó:

—Andre, acabo de hablar con Ricardo... ¿estás bien?

—Ay, Güerita, yo no sé qué es estar bien desde hace mucho tiempo. A veces quisiera quedarme dormida y no despertarme más.

—¿Quieres que te acompañe esta noche?... ¡No vayas a cometer ninguna locura!

—No, no te preocupes. Voy a prepararme un té y me acuesto.

—¿Segura?

—Sí... Gracias, amiga.

Sin poder dormir, miraba el vacío en la cama. «¿En qué momento llegamos a esto?». La idea del divorcio le parecía insoportable. Había perdido a su mamá, a su papá, a su bebé y ahora a Ricardo. No era hija, ni madre y ya no sería esposa. «Tengo que recuperarlo». Pensó que todavía podían explorar algunos métodos de fertilización o incluso adoptar, era algo que muchas familias hacían. «¿Cómo no se me ocurrió antes?». Interpretó la llamada que Ricardo le hizo a Paula como una señal de que se preocupaba por ella y todavía la amaba. «Necesito estar bien». Se quedó dormida con la esperanza de que al día siguiente todo tendría solución.

La despertó el sonido del teléfono. No eran todavía las diez de la mañana y alguien que se presentó como el abogado de Ricardo Pérez le dijo que llevaría el proceso de divorcio. «¿Cómo? Seguro es una equivocación». Cuando colgaron la llamada, en su correo electrónico ya tenía los documentos y la información necesaria. En ese momento se dio cuenta de que Ricardo llevaba algún tiempo avanzando en el proceso.

Llamó a Paula para contarle lo que estaba pasando y su amiga se ofreció a recibirla mientras resolvía qué iba a hacer, sin importar cuánto tiempo le tomara. Empezó a empacar sus cosas con mucha tristeza y se dio cuenta de que solo tenía su ropa y los recuerdos que conservaba de su papá. Los había guardado en una caja en el armario porque a Ricardo le parecía «de pobres» tener un altar a la vista de las visitas.

Tenía fotos, algunos regalos que ella le había hecho cuando estaba en la escuela, un frasco de conchas de mar que llenaban juntos cada vez que iban a la playa y una carta que él le había escrito a su mamá. Ella la había encontrado al organizar las cosas de Javier cuando murió, pero no la había leído antes, le parecía que violaba su intimidad.

En ese momento necesitaba sentirlo cerca y repasó la carta varias veces. Le llamó la atención que la había redactado cuando ya los dos vivían en México. «¿Por qué le escribió una carta a mi mamá si estaba muerta? ...no tiene sentido». Al momento de guardarla cayó en la cuenta de un detalle en el que no se había fijado antes: el sobre, que estaba a nombre de Fernanda Sánchez, tenía una dirección. «¿Y si mi mamá está viva?». Nunca lo había pensado, no tenía por qué dudar de su papá. Pero ahora que nada la ataba a México podía regresar al país en el que había nacido.

Le escribió a Camilo, un colombiano al que conoció años atrás en un viaje a Cancún, preguntándole sobre el costo de las cosas en Medellín, el lugar ideal para vivir y detalles prácticos para irse un par de meses. Revisó los precios de los tiquetes aéreos y separó lo que llevaría para el viaje de algunas cosas que guardaría en el apartamento de Paula. «Sí, Ricardo, estoy bien loca».

Paula intentó convencerla de que cambiara de opinión, le dio muchas razones por las que pensaba que no era buena idea, en especial temía que ante la incertidumbre de la historia de su familia tuviera alguna crisis de ansiedad y volviera a las pastillas. No importó lo que le dijo, Andrea estaba más decidida que nunca en su vida. «Si me muero buscando a mi mamá al menos lo habré intentado». Se despidieron en el aeropuerto con un largo abrazo y Andrea abordó el avión con una alegría que no había experimentado en años.

Siempre que viajaba en avión buscaba un puesto en las primeras filas, al lado de la ventana, y les prestaba atención a todos los detalles: el sonido de los motores al encenderse. Las instrucciones de los auxiliares de vuelo. El cinturón de seguridad bien ajustado. El movimiento tenue del avión al recorrer la pista. La fuerza con la que el cuerpo se pega a la silla al despegar. Los edificios volviéndose pequeñitos. La

Ciudad de México convertida en una alfombra de grises y ocres. Los anuncios por altavoz. La comida en sus pequeños compartimentos de plástico. El camino hasta los baños que aprovechaba para analizar a los viajeros. El movimiento del avión en medio de la turbulencia. El momento de enderezar las sillas para el descenso. El golpe del tren de aterrizaje sobre la pista. La desaceleración empujándola hacia adelante. Los anuncios al aterrizar. Los viajeros de pie antes de tiempo. El tumulto queriendo salir de una sola vez por la puerta estrecha.

Camilo la estaba esperando en la salida de equipajes. Fue difícil reconocerse. Andrea había subido de peso, llevaba el pelo corto y se veía envejecida, como si los últimos años hubieran pasado más rápido para ella que para él. Camilo había optado por rasurarse la cabeza y así emparejarla con la brillante calva que ya era dominante, se veía muy formal en su ropa de ejecutivo y llevaba la barba más tupida que antes. Después de superar la primera impresión, al escuchar sus voces y al abrazarse, confirmaron que eran los mismos que se habían conocido en Cancún: él sonreía cuando ella hablaba y ella bajaba los ojos con vergüenza.

Mientras hacían el recorrido del aeropuerto hacia la ciudad, Andrea miraba todo con un deseo profundo de apropiárselo, de descubrir en ese verde de los árboles del oriente antioqueño algún recuerdo de su infancia. Pararon en un restaurante al borde de la carretera donde la comida le pareció insípida a pesar de que le puso el ají más fuerte que tenían. Le contó a Camilo sobre su pasado: la muerte de su papá, los ataques de ansiedad y el fracaso de su matrimonio. Él la escuchó con mucho interés, sintiendo que había más en lo que ocultaba que en lo que le decía.

Desde el apartamento que reservó por Internet podía ver que la ciudad estaba delimitada por las montañas y atravesada por el río. La mayoría de los edificios eran de ladrillo expuesto y en el parche de cemento resaltaban unos árboles de flores amarillas en forma de campana de los que se enamoró de inmediato. «¿Qué tanto habrá cambiado la ciudad desde que nos fuimos, papito?». Ella recordaba que cuando era niña vivían en un barrio llamado Guayabal, cerca de una iglesia a la que iban los domingos a misa. Si se portaba bien, a la salida le compraban un helado de crema y se quedaban un rato dándoles maíz a las palomas.

Sacó la carta que tenía de su papá y se puso a llorar leyéndola varias veces.

> Nina:
> La niña y yo llegamos bien a México. Los papeles que nos hizo el Rolo pasaron por buenos y pude alquilar una pieza en una pensión. Ella ha estado muy triste y me hace berrinche a cada rato, he tenido que castigarla varias veces. Es una buena niña, soy yo el que no sé cómo ser papá. Esta ciudad es más grande que Bogotá y me pierdo todo el tiempo porque las calles no tienen número sino nombre.
> Los primeros días me puse a buscar trabajo y prácticamente en todas partes me miraban con desconfianza. Un día que la dueña de la pensión no pudo cuidar a la niña me la tuve que llevar y en el primer restaurante que entré me dijeron que tenían un puesto para limpieza, creo que les dio pesar vernos a los dos tan tristes y tan flacos.
> El otro mes la niña ya empieza en la escuela, y entre la plata que me traje y lo que me pagan por ahora estaremos bien, si se puede decir eso de esta vida que estamos empezando. Lo más difícil de todo es la comida. A la niña no le gusta casi nada y me toca darle chucherías a ver si no se desaparece. A mí en el restaurante me ha tocado aprender a comer lo que comen aquí y tuve una diarrea horrible que ellos llaman la venganza de Moctezuma. Pensé que me iba a morir y que la niña se iba a quedar sola. Creo que fue por miedo que terminé aliviándome y ahora como que nada me hace daño.
> Parece que la niña heredó mis pesadillas porque se despierta mucho en la noche llorando o gritando y después no se acuerda de qué soñó. También le ha dado por comerse las uñas y me recomendaron untarle picante, pero fue peor porque se muerde hasta que se saca sangre de los dedos y después llora porque le arde.

Recordaba esos primeros días en Ciudad de México. La dueña de la pensión tenía una hija casi de su edad con quien se entretenía mucho, aunque peleaban todo el tiempo por las muñecas. En la escuela se burlaban de su acento y fue entonces cuando empezó a sufrir de ansiedad, algo que Javier confundió con la actitud de una niña malcriada. Con los meses aprendió a hablar como sus compañeros y de tanto repetir que su mamá estaba muerta fue esa la idea con la que creció.

Pensándolo bien, no recordaba que a su mamá la hubieran velado ni enterrado. Releyendo la carta le pareció raro que su papá se refiriera a ella como «la niña», sin mencionar su nombre. ¿Qué era eso de los papeles hechos por el Rolo? También cayó en la cuenta de que la carta no estaba firmada, en realidad parecía inconclusa. Un pensamiento le atravesó la cabeza con el estruendo de un trueno: «¡Yo no me llamo Andrea! Cuando vivía en Medellín… Cuando comía helado después de la misa… ¿Cuál era mi nombre?». Se secó las lágrimas con vergüenza, ni siquiera sabía cómo se llamaba.

Su única pista era la dirección en el sobre y fue a donde se dirigió una vez terminó de instalarse. Encontró un edificio de oficinas y el vigilante de la cuadra le contó que la casa que había ahí la habían demolido varios años atrás. El joven, que había heredado el puesto, le prometió preguntarle a su papá si sabía algo de la familia que vivía antes ahí.

Además de todos los problemas que traía desde México, era difícil llegar a una ciudad que siendo la suya no le pertenecía en absoluto. A los vigilantes de los edificios les decían porteros; al interfón, citófono; a una suerte de salsa dulce la llamaban ají; cada vez que ella decía «mande» se le reían en la cara; si preguntaba qué aguas había en el restaurante le respondían «¿con gas o sin gas?»; eran histéricos conduciendo; siempre que reconocían su acento recitaban nombres de telenovelas o empezaban a cantar alguna ranchera. Sin embargo, después de esos detalles superficiales a los que se fue acostumbrando, lo que más le costaba era conectarse con otras personas: las mujeres, cuando las conocía, se mostraban amables, serviciales, abiertas… pero en cuanto ella intentaba fraternizar un poco más, aunque fuera para tomar un té, recibía respuestas tibias y citas que nunca se concretaban. Si eran hombres, rápidamente percibía que tenían otras intenciones.

Camilo era su único amigo en Medellín y tenía una vida bastante tranquila: en la semana se dedicaba a trabajar y los fines de semana compartía con su familia numerosa o se quedaba en el apartamento viendo películas y leyendo. Su única distracción por fuera de la casa era ir a clases de yoga, a encuentros de meditación o asistir a algún plan cultural. Tenía una voz grave que a Andrea le parecía muy relajante y por lo general hablaba de manera pausada, nada que ver con las frases atropelladas de ella. Era muy bueno escuchándola, le prestaba mucha atención y, aunque le daba su opinión, lo hacía de una forma muy respetuosa, algo que ella comparaba todo el tiempo con el carácter dominante de Ricardo. Su vestimenta era monótona, como si alguien le hubiera hecho cinco combinaciones de trajes para el trabajo y dos para el fin de semana. Era tan puntual que a ella le daba escalofrío llegar tarde a cualquier cita.

Él hizo un gran esfuerzo por cambiar sus rutinas para ayudarla a avanzar en su búsqueda, pero no sabían muy bien cómo orientar el proceso. Algunos domingos se sentaban afuera de la Iglesia de Cristo Rey para que Andrea intentara recordar en qué dirección quedaba su casa, pero incluso después de dar algunas vueltas ella no reconocía ninguna de las calles y terminaban comprándose un par de helados y dándoles maíz a las palomas. Él pensó que si ella había nacido en ese barrio lo más probable era que hubiera sido bautizada allí, pero en el registro no había nadie con su nombre, ni el de su papá, y tampoco había ninguna niña nacida el mismo día que ella. En una ocasión, pasaron varias horas mostrándoles la foto de Javier a las personas que veían más o menos de su edad para ver si alguien lo reconocía y después pegaron fotocopias en los postes con la esperanza de recibir una llamada.

Aunque el dinero le rendía más que en México, decidió buscar algunos clientes para seguir trabajando como diseñadora independiente, pero no avanzaba más allá del envío del presupuesto; inclusive ensayó bajando los precios, pero ni siquiera la contrataron cuando se ofreció a hacer un trabajo gratis para empezar a ganar clientes.

A diferencia de lo que había pensado, dejar a Ricardo no fue difícil. Ella creyó que él la buscaría para pedirle que volvieran, pero nunca la contactó, el abogado fue quien se encargó de realizar todo el proceso. Más allá de la separación física, la separación digital fue lo que marcó de manera radical la realidad del divorcio: entrar a Netflix y darse cuenta de que él había cambiado la clave, recibir una notificación por correo electrónico dándola de baja de la cuenta familiar de Spotify, darse cuenta de que la había bloqueado del chat, descubrir que él cambió su estado civil en Facebook y que ya no la seguía en Twitter ni Instagram.

Un día una antigua compañera de trabajo le preguntó si finalmente se había ido de luna de miel a Los Cabos; ella no entendió el mensaje hasta que recibió algunas fotos de Ricardo en las que se veía con una mujer, en ángulos en los que no se podía saber quién era: dos manos entrelazadas sobre la mesa de un restaurante, las piernas extendidas en unas asoleadoras en la piscina, una foto a contraluz abrazados en la playa.

Ese día lo odió profundamente, apenas había pasado una semana desde la separación legal. Le propuso a Camilo que se fueran de fiesta para hacer algo diferente y él hizo su mejor esfuerzo por juntar un pequeño grupo y llevarla al sitio que estaba de moda. Cuando ella lo intentó besar, él la esquivó abrazándola y le dijo al oído que era mejor que se fueran a la casa porque ya la veía bastante borracha. «¡Pinche pendejo!, a mí nadie me rechaza». Con mirada desafiante se fue directo hacia Diego, un primo de Camilo, y lo sacó a bailar decidida a aplicar con él todas sus técnicas de seducción. No tuvo que esforzarse demasiado, a los pocos minutos estaban saliendo de la discoteca rumbo a su apartamento y, aunque ella quería restregárselo a Camilo, él ya se había ido.

Al despertarse pensó que cambiar de estado civil no cambiaba nada en la vida. El verdadero cambio había sido estar casada, esos años en los que renunció a ser ella misma para convertirse en la esposa de Ricardo, en la futura madre perfecta. Ahora sentía que recuperaba su vida y por primera vez le pareció que Medellín era su hogar.

Mientras observaba a Diego dormir pensaba en por qué se había acostado con él. «¡Es porque soy bien pendeja! ¿Fue para vengarme de Camilo o de Ricardo?». Después de desayunar, él le propuso que se quedara y que pasaran el domingo juntos, pero Andrea huyó rápidamente para evitar esos lazos sutiles que se van formando cuando la intimidad se une al sexo. «Necesito a Paula para que me detenga cuando voy a hacer alguna estupidez». Tenía miedo de cómo se iba a afectar su relación con Camilo, pero antes del mediodía él le escribió para invitarla a almorzar mondongo. Después de una búsqueda en Internet se dio cuenta de que era una sopa de panza, similar a la que servían en México para la resaca, y se arregló lo mejor que pudo para encontrarse con él.

Camilo llegó muy entusiasmado; había descubierto que en una página web se podía buscar la oficina en la que la habían registrado al nacer y a partir de ahí tendrían un poco más de información. La búsqueda no arrojó ningún resultado: no había ninguna Andrea Hernández Sánchez, nacida el 14 de mayo de 1980.

—Esto está muy raro… Aquí dice que tienen toda la información digital desde 1970; debería salir tu información.

—La verdad, Cami, es que… yo creo que mi papá me cambió el nombre.

Ella le mostró la carta que hasta ese día no había compartido con nadie más. Con la información que tenía el mensaje y al no encontrar ningún rastro de Andrea en la base de datos, él también llegó a la conclusión de que ese no era su nombre original. Ella le contó que en la dirección del sobre habían construido un edificio y él sugirió que volvieran para ver si el vigilante tenía alguna información adicional.

Mientras lo escuchaba organizar las ideas se dio cuenta de que la capacidad analítica de Camilo le fascinaba. Se había involucrado en la búsqueda como si fuera también parte de su vida y se refería a todo lo que podían hacer en plural: «vamos a averiguar», «busquemos directorios telefónicos viejos», «pongamos un aviso en el periódico». «¡Dios... sí que me gusta!». Contuvo las ganas de besarlo por miedo a que la rechazara de nuevo. Al menos la noche anterior había tenido la excusa del licor.

Camilo pudo adivinar sus pensamientos por la forma en la que lo miraba pero se mantuvo indiferente fingiendo que no pasaba nada. Él era unos centímetros más bajo que Andrea y, a pesar de que la consideraba una mujer hermosa, eso le causaba tanta inseguridad que nunca se había sentido atraído por ella; además, aunque le había cogido mucho cariño, no soportaba que fuera tan desordenada o que cambiara de idea todo el tiempo.

Durante la semana él aprovechó para pasar por la dirección que tenía el sobre y, después de darle una propina al vigilante y de llamarlo durante varios días insistiendo en la importancia de encontrar a la familia que vivía antes en esa dirección, logró que le consiguiera un teléfono.

Andrea marcó el número en su celular temblando por lo que podía pasar. Después de intentar varias veces no consiguió que le contestaran y Camilo sugirió que enviara un mensaje de texto.

Soy la hija de Javier Hernández. Mi papá y yo nos fuimos a vivir a México hace unos treinta años y estoy buscando al resto de mi familia. Su nombre estaba en una carta que él tenía guardada.

No sé de quién me habla, no lo conozco.

Perdone la molestia, sé que puede ser una situación incómoda. Voy a mandarle una foto por si lo reconoce.

Buscó la fotografía más antigua que tenía de él y se la envió. No volvieron a responderle. Dispuesta a no rendirse, volvió a llamar días después. Le contestó una mujer que sonó más joven de lo que esperaba. Quiso decirlo todo antes de que le colgara, pero las frases se le cortaban como si le faltara el aire:

—Hola, perdón que llame. Estoy buscando a Fernanda Sánchez, creo que… creo que soy familiar suya. Cuando tenía cinco años mi papá me llevó a México y vine a buscar a… a mi familia. Por favor no piense que es para algo malo, yo solo quiero… saber de dónde vengo. Perdón.

Hubo silencio al otro lado de la línea. Andrea pensó que le habían colgado.

—¿Usted fue la que mandó la foto la otra vez? —finalmente preguntó la voz con un tono severo.

—Sí, yo... Andrea...

La voz la interrumpió:

—No nos vuelva a buscar. No queremos saber nada de José ni de su hija.

Andrea trató de entender, pero antes de poder insistir ya le habían colgado. Empezó a llorar con desesperación. Camilo la tomó de las manos para tranquilizarla. Le dijo que había algo positivo en la llamada, ahora sabían el nombre real de su papá y desde ahí podían retomar la búsqueda. Aunque ella intentaba ver lo bueno de tener esa información, no entendía por qué su mamá no quería hablar con ella.

—¿Has considerado la posibilidad de que Fernanda no sea tu mamá? Que su nombre estuviera en el sobre no significa que lo sea.

—Pero... tengo su apellido.

—Tampoco significa nada, ¿no crees?

Él tenía razón. Cada una de las cosas que había asumido en la vida se desmoronaba y posiblemente Fernanda no era su mamá. Lo que sí tenía claro era que esa mujer sabía quién era su papá.

Andrea casi no pudo dormir imaginando que el nombre que había usado siempre no era el suyo. Un novio que tuvo en la universidad le había dicho que significaba «mujer bella y valiente» y esa frase le gustaba como una forma de definirse, aunque muchas veces dudara de merecer cualquiera de los dos adjetivos. También le costaba imaginarse a su papá como «José», un nombre que le parecía común y simple. Se levantó en medio de la noche a buscar en Internet el origen de ambos nombres y le pareció que su papá había elegido (posiblemente sin saber) uno apropiado para todo lo que vivieron al llegar a México: Javier significaba «casa nueva», y eso había sido él para ella, un hogar en el que siempre eran bienvenidos los comienzos. «¿Cuál puede ser mi nombre?». Ningún otro le parecía adecuado y no lograba recordar cómo la llamaban durante sus primeros años.

Con la ayuda de Camilo, Andrea consiguió trabajo diseñando las etiquetas de los empaques en una empresa de alimentos. No ganaba un salario adecuado para alguien con su experiencia, pero le permitía pagar los gastos mensuales, y con los clientes que todavía le quedaban en México completaba el dinero necesario para darse algunos gustos ocasionales sin recurrir a sus ahorros. Una vez tomada la decisión de quedarse en Medellín, se mudó a un apartamento y compró unos pocos muebles. Camilo la convenció de darse un tiempo de descanso con la búsqueda de su mamá y de estabilizarse después de los años difíciles que había vivido tras la muerte de Javier.

Intentaba concentrarse en lo positivo e irse apropiando cada vez más de su nueva vida, pero las pesadillas siempre estaban ahí para recordarle que había un pasado que la perseguía sin importar cuánto corriera. Dos preguntas volvían de manera recurrente: «¿Cómo me llamo?» y «¿Por qué Fernanda no quiere verme?».

Empezó a construir lazos con las personas que iba conociendo en el trabajo, en las clases de meditación a las que la llevaba Camilo y en su edificio. Eran amables, pero no abiertas e, igual que cuando era niña tuvo, que adoptar el acento local para que dejaran de tratarla como una extraña.

5

Paula llegó a Medellín un día antes del cumpleaños treinta y cinco de Andrea. Aunque llevaban varios meses sin verse, chateaban casi a diario y en el camino entre el aeropuerto y la ciudad hablaron como si nunca se hubieran separado.

Una vez en el apartamento, Andrea le hizo una guía práctica para entender a Medellín y a sus habitantes, los paisas. A Paula le hacía gracia escucharla con ese acento mezclado que ya no parecía de ninguno de los dos lugares y se sentía feliz de verla animada y adueñada de su nueva vida. Le había llevado diferentes moles, salsas picantes y dulces. El apartamento era pequeño, pero tenía una vista hermosa hacia una quebrada rodeada de vegetación, y desde el balcón se escuchaban muchos pájaros y se podían ver ardillas.

Decidieron organizar una comida para que sus amigos probaran la verdadera cocina mexicana, tan diferente a esa versión *tex mex* que vendían en la mayoría de los restaurantes de la ciudad. Era un grupo pequeño en el que además de Camilo estaban Diego, una pareja de vecinos del edificio con quienes había congeniado muy bien, su instructora de meditación y un compañero de la oficina. Prepararon un pozole que solamente Camilo soportó por el picante y unas enchiladas de pollo. Todos devoraron los dulces e intentaron compararlos con los colombianos.

A Paula le sorprendió que Andrea hablara abiertamente de la búsqueda de su mamá y de las dudas sobre su pasado y su verdadero nombre. Después de bromear con alternativas en las que incluyeron nombres como Usnavi o Baiolet, cuando alguien dijo «Diana», Andrea sintió una picada en el estómago.

—¿Qué dijiste?

—Diana —respondió Clara, la vecina del 302.

—¡Sí! ¡Ese! ...ese es mi nombre.

Muy animados brindaron varias veces, le cantaron por segunda vez el *Feliz cumpleaños* con su nuevo nombre (que en realidad era el viejo) y Andrea pensó que llamarse Diana era muy bonito porque significaba «aquella de naturaleza divina». Cuando se fueron a dormir, Paula le preguntó si Camilo tenía novia y volvió la picada en el estómago.

Como no tenía días libres le organizó a su amiga algunos planes para que recorriera la ciudad por su cuenta: visitas a los principales museos y atracciones del centro, subida al Cerro Nutibara para conocer el Pueblito Paisa, recorrido por el Jardín Botánico y el Parque Explora, tour de grafitis en la Comuna 13, paseo al Parque Arví. Paula la veía actuar con mucha propiedad en su nueva vida, lejos de la ansiedad que había sufrido los años posteriores a la muerte de su papá y de los momentos difíciles con Ricardo que tanto habían golpeado su autoestima.

Durante la semana Paula y Camilo empezaron a hablar con mayor frecuencia. Ella le preguntaba cómo ir de un lugar a otro o le pedía recomendaciones. Después de algunos días se trataban de manera cariñosa y él la invitó a pasar el fin de semana en Guatapé, un pueblo ubicado a un par de horas de Medellín, donde reservó una cabaña con vista a la represa. Andrea sintió que ambos la traicionaban. «¿Acaso se le olvidó que intenté besarlo? ¿Por qué busca justo al que a mí me gusta? ¿No se han dado cuenta de que viven en países distintos?». Incapaz de hablar con ninguno de los dos abiertamente, se limitó a restarle importancia, contando los días que le quedaban a Paula en la ciudad.

Camilo se sintió atraído por ella desde el primer momento. Tenía unos rasgos delicados que contrastaban con una melena rebelde, rubia y rizada; hablaba despacio como él y desbordaba bondad en todo lo que hacía. A él le parecía que iluminaba los lugares a los que llegaba con su presencia: siempre atenta, optimista y disponible.

El domingo en la noche Paula tenía muchas confesiones para hacerle a su amiga sobre Camilo, y aunque Andrea intentaba ser empática y compartir con ella esa etapa feliz de empezar una relación, no podía evitar sentir rabia al escucharla decir que habían pasado horas acariciándose sin quitarse la ropa, que habían jugado a recorrerse con los ojos cerrados o que habían descubierto los diferentes olores en los rincones de sus cuerpos. Lo cierto era que llevaba muchos años sin verla ilusionada con alguien; la mayoría de sus relaciones habían sido pasajeras y poco relevantes. Paula no le daba mucha importancia a tener una pareja (su prioridad eran sus hermanos y el trabajo) y al estar lejos de su país se estaba permitiendo vivir algo diferente sin tener ni idea del impacto que causaba en su amiga.

Los últimos días de Paula en Colombia fueron una avalancha de sentimientos: pensaba que Camilo era el hombre con el que quería compartir el resto de la vida, pero tenía miedo de demostrarlo y que eso destruyera lo que estaban viviendo. Se fue al apartamento de él para poder estar más tiempo juntos y Andrea pasó de la rabia a los celos por perder a su amiga, intentó sabotear todos los planes que hacían y terminó siendo la observadora perpleja de un amor que no esperaba que surgiera ante sus ojos.

La despedida fue un momento difícil: Paula y Camilo se hicieron promesas para verse lo más pronto posible, mientras que Andrea sentía que sobraba. «No hacen una buena pareja, esto se les pasa rápido». Ellos la involucraban en sus planes como si hubiera sido la celestina de la relación y era incómodo verlos besándose y siendo cariñosos entre sí. Con el paso de los días, Andrea se dio cuenta de que el enamoramiento no se les estaba agotando, y todo volvió a asentarse en la cotidianidad. Las conversaciones diarias con Paula ahora incluían sus historias con Camilo, pero seguían siendo las cómplices de toda la vida.

Saber que Diana era su nombre real no le sirvió a Andrea para avanzar en la investigación de su pasado. Regresó a las fuentes originales: ni en el libro de bautizos en la Iglesia de Cristo Rey ni en la página web de la Registraduría había ningún resultado positivo con su nombre y su fecha de nacimiento.

Casi un año después de su último contacto con Fernanda, y en medio de una reunión en la oficina, recibió un mensaje que la sacó por completo de lo que se estaba discutiendo: «Si quiere saber quién es, busque las noticias del 12 de junio de 1985 del periódico El Colombiano». Sintió ganas de vomitar, la reunión parecía eterna y ella necesitaba salir de ahí cuanto antes. Le reenvió el mensaje a Camilo y cuando por fin pudo llamarlo él ya había averiguado que en el periódico había un centro documental con todo su archivo desde 1912.

¿Cómo dormir sabiendo que la verdad por la que tanto había sufrido en los últimos años estaba al fin tan cerca? Habló varias horas con Paula por teléfono hilando teorías sobre la razón por la cual su pasado estaba en el periódico. Pidió permiso en el trabajo y a las ocho de la mañana ya estaba en el lugar, lista para buscar la información. Allí le dijeron que no podía acceder sin una cita previa y, aunque expuso todos los argumentos que se le ocurrieron, no pudo consultar la información y tuvo que llenar algunos documentos con el fin de pedir la cita que le asignaron para tres días después.

Tres días. Paula intentaba convencerla de que tres días no eran nada en comparación con todo el tiempo que había pasado. Camilo sugirió que marcaran al teléfono desde el que le habían enviado el mensaje, pero la línea estaba inactiva. Su hipótesis era que Fernanda tenía algo que ver con ese contacto, pero no les contestó nunca las llamadas. Por dos noches Andrea soñó varias veces con su papá, eran pesadillas en las que él moría una y otra vez, dejándola sola, vacía, apagándose lentamente. Y la noche anterior simplemente no durmió. Recorrió todos los escenarios posibles, imaginando que esas historias que le contaba su papá sobre la violencia de Medellín habían involucrado a su familia.

La cita era a las diez y treinta de la mañana. Camilo la recogió temprano y la invitó a desayunar empanadas para distraerla. Tenía las ojeras muy marcadas y estaba demacrada. Él le hizo bromas, le habló de Paula y de un viaje que estaban organizando a Acapulco y le mostró el video de moda en las redes sociales, pero ella no dejaba de comerse las uñas, mordiéndose la cutícula casi hasta sangrar.

Para entrar al periódico les pidieron un documento y les dieron una escarapela. Los condujeron hasta una biblioteca en la que había algunos computadores. Andrea se sentó frente al teclado y antes de escribir se puso a llorar. La bibliotecaria la miró con curiosidad. Camilo la abrazó y se ofreció a buscar él la información. Ingresó al sistema la fecha que decía en el mensaje y después de unos segundos apareció la imagen del impreso de ese día. Pasaron las páginas rápidamente y nada les llamó la atención. «¿Es una broma de mal gusto?». Se puso a llorar de nuevo. Camilo sugirió que leyeran con calma los artículos. Después de revisar todo el periódico, ninguno les hizo sentido.

—¿Y si estamos buscando lo que no es?

—¿A qué te refieres? —preguntó Andrea con las lágrimas secas.

—Estamos buscando un artículo que hable de una niña con tu nombre, ¿pero y si la noticia es sobre tus papás?

Revisaron todo una vez más. Un texto corto tenía la única información que les pareció que podía estar relacionada con ella: «Mujer muere en accidente con arma de fuego». La fallecida se llamaba Blanca Sánchez y se mencionaba que dejaba a una hija con vida. Andrea no entendía nada. «Si Blanca es mi mamá, ¿quiénes son Fernanda y Nina? ¿Por qué mi papá nunca me habló de ese accidente?». Camilo sugirió que no se anticipara, con los nuevos datos que tenían podían buscar más información. Revisaron los periódicos de los días siguientes pero no había seguimiento a la noticia.

Durante el fin de semana pensaron en visitar los otros periódicos locales, en ir a la biblioteca pública y en buscar el registro de defunción. Era difícil para ella pasar tanto tiempo con Camilo y escucharlo hablar con Paula durante el día, ver que era un hombre cariñoso que genuinamente estaba enamorado de su amiga. «Tengo que cortar este sentimiento, ellos se merecen mutuamente». Justo antes de que Camilo se fuera el domingo en la noche, Andrea recibió otro mensaje:

> ¿Ya sabe quién mató a Blanca, su mamá?

Sintió que era una provocación. «¿Cómo puedo saber quién mató a mi mamá por el artículo?». Inmediatamente envió una respuesta:

> No, no lo sé. ¿Por qué no me lo dices tú? ¿Quién eres? Deja de esconderte.

Las manos le temblaban esperando un nuevo mensaje. A pesar de que tenía miedo de lo que vendría y dado que una hora después no obtuvo respuesta, volvió a escribir:

> No seas cobarde. Dime lo que sabes.

Unos minutos después llegó otro mensaje:

> USTED. Usted mató a su mamá.

—Esto es una burla, no caigas en el juego —sugirió Camilo al verla escribir con rabia en el celular.

—Pero, Cami… ¿quién es esta persona?, ¿cómo se atreve? Yo tenía cinco... —interrumpió su propia frase de golpe.

—¿Qué pasó?

Andrea dejó caer el celular. Palideció y miró a Camilo con una mueca de terror que él no supo interpretar. Se apretó la cara con las manos y empezó a llorar. Las pesadillas de su infancia crearon una historia que ella no había entendido hasta ese momento. «Necesito un trago». Camilo le preparó agua aromática y le ayudó a respirar para que se calmara. Ella intentó ordenar las ideas, sabía que era necesario entender esos fragmentos de recuerdos que con el paso de los años se habían diluido.

—Mi mamá siempre estaba en casa y tenía el pelo largo, liso y negro, como el mío. —Cerró los ojos para fijar la imagen que le llegó claramente por primera vez—. Se ponía vestidos de colores pastel y pintábamos todo el día. Tenía una máquina de coser y las vecinas le llevaban telas hermosas, ella les tomaba las medidas y días después volvían por las faldas, las blusas y todas las cosas lindas que hacía. —El recuerdo la alegró, no había pensado en esos momentos durante años—. Si le sobraban retazos pequeños que ya no servían los guardaba y con eso hacíamos ropa para mis muñecas.

Andrea miraba hacia el infinito, como recordando una película que había visto hacía mucho tiempo en la que llenaba los vacíos con su propia imaginación.

—Mi papá no estaba casi nunca en la casa. Viajaba por su trabajo que no sé bien de qué era. Cuando llegaba, a mí… a mí me daba mucho miedo. —Hizo una pausa en la que, frunciendo el ceño, intentaba entender por qué ese recuerdo le causaba una punzada en el estómago— Me daba miedo y me escondía debajo de la cama. Lo escuchaba llamarme a los gritos. Mi mamá lo calmaba y después de un rato ella venía a buscarme. A veces, al otro día mi papá ya se había ido. Las vecinas no venían si él estaba con nosotras, aunque casi nunca se quedaba más de un par de noches. —Permaneció un rato en silencio.

—No tenemos que hablar de esto si no quieres.

—Está bien. Son muchas imágenes mezcladas… me hace bien contártelo. —Camilo la abrazó y siguió escuchándola atentamente—. Recuerdo un día que ellos estaban gritando, yo tenía mucho miedo y me metí debajo de la cama. —Un gesto de miedo le atravesó la expresión—. Escuché que mi papá decía que iba a buscarme, salí corriendo hacia el garaje antes de que me encontrara y me escondí en el armario.

Las lágrimas empezaron a correr por sus mejillas, cerró los ojos apretando los puños con fuerza.

—Lo siguiente que recuerdo es un ruido muy fuerte y a mi mamá… a mi mamá… —Se ahogó con sus palabras.

—Tranquila, Andre... Tal vez sea mejor que paremos aquí.

—…a mi mamá en el piso, con los ojos abiertos, mirándome fijamente. Había sangre y mi papá gritaba. ¡Yo le disparé a mi mamá, Camilo! Todos estos años… ¿Por qué?

—Calma, respira profundo. Fue un accidente, lo decía el periódico.

Una vez abierta la caja de recuerdos las imágenes llegaban superpuestas, sin lógica. Su papá oliendo a licor. Su mamá jugando con ella en el parque. Los tres cantando el cumpleaños y abriendo regalos. Sus papás peleando. Su tía… su tía Nanda… su tía Fernanda llorando y gritando.

—¡Fernanda es la hermana de mi mamá! —gritó de repente asustando a Camilo que la había dejado sola por un momento mientras preparaba algo para comer.

La primera persona a la que buscó José fue a Fernanda, quien vivía a un par de cuadras, para que lo ayudara con la niña mientras él llamaba a los médicos y a la Policía. Cuando llegó y vio a su hermana supo que estaba muerta; la niña estaba llena de sangre, se notaba que había intentado mover a su mamá sin entender lo que pasaba. La levantó con rabia del piso y la metió en la ducha para que se bañara. La encerró en su cuarto donde, conteniendo los gritos, le preguntaba qué había pasado. La niña no paraba de llorar y su tía no tenía paciencia, con rabia la agitaba tomándola de los hombros. «¿¡Qué hiciste, muchachita!?» le decía una y otra vez, a veces apretando los dientes, a veces llorando.

Cuando la Policía llegó cubrieron el cuerpo con una sábana. Tomaron la declaración de José y decomisaron el arma. También interrogaron a Fernanda quien explicó que había llegado cuando Blanca ya estaba muerta y le hicieron algunas preguntas a la niña que seguía llorando, preguntando por su mamá. Los vecinos se amontonaron afuera, se escuchaban gritos y rápidamente corrió el rumor de que la niña había sacado un arma que José mantenía en un armario en el garaje y le había disparado a la madre. Cuando Medicina Legal llegó para llevarse el cuerpo, José y Fernanda empezaron a discutir, ella lo culpaba mientras él decía una y otra vez que había sido un accidente, que la niña no sabía lo que hacía. Los policías tuvieron que separarlos y él se fue con ellos para seguir el proceso.

Fernanda limpió la mancha de sangre. La sentó en una esquina del garaje como si estuviera castigada. Restregó varias veces el piso. Lavó la trapeadora. Botó los trapos. Sacó la basura de la casa. La niña ya no lloraba. Se comía las uñas y rezaba para despertarse. Cuando terminó, Fernanda le volvió a preguntar por lo que había pasado. La sacudió con fuerza y por el impacto de tantas emociones se desmayó.

Cuando José llegó en la mañana la niña estaba dormida debajo de la cama. La haló para sacarla; ella se despertó y empezó a gritar, sin decir frases completas.

—Ahí le queda su mocosa. Mire a ver qué va a hacer porque después de esto… —dijo Fernanda mientras se daba la bendición—. Y no la lleve al velorio que no quiero ver a ese demonio nunca en la vida.

José le sirvió aguapanela con arepa y queso. La niña se dejó peinar y cambiar la pijama. Salieron juntos al centro, en el bus la dejó sentarse al lado de la ventanilla. Se tomaron unas fotos que a ella no le parecieron normales, tenía que quedarse muy quieta y el fondo era blanco. Mientras las revelaban él la llevó a comer helado al Camino Real. Fueron a una oficina de paredes amarillas donde un señor que hablaba raro les tomó las huellas y le recibió a José un sobre con plata. Almorzaron una sopa de pescado que ella apenas probó y volvieron a la oficina por unos documentos. Desde temprano la empezó a llamar Andrea. Si ella no lo miraba, la zarandeaba del brazo y le decía «Estoy hablando con vos, mirame cuando te hablo».

Cuando regresaron a la casa ya era de noche, ella se durmió sin comer y sin lavarse los dientes. Por la mañana la despertó y le dijo que se iban de paseo. Él empacó ropa en una maleta y le dijo que podía elegir un juguete para llevar. Cuando la pequeña se puso a llorar, él le dijo que si quería quedarse la podía mandar para donde su tía Fernanda. Ella empezó a gritar y él la abrazó para calmarla.

—Tranquilícese, mija, vamos a estar bien. La voy a llevar a montar en avión.

—¿En avión? —habló por primera vez en dos días con algo de ilusión.

—Sí, de esos que hemos visto allá en el aeropuerto.

Ella pensó que la iba a llevar a conocer el mar. Su papá le compró una muñeca, un helado y le empezó a hablar de un país hermoso llamado México.

—¿Pero allá hay mar?

—Sí, mija, allá vamos al mar. ¿Cómo es que te llamás?

—Dian… Andrea.

—Eso. Andrea. Te llamás Andrea. ¿Y dónde está tu mamá?

—Esperándonos en México.

6

La gran cantidad de recuerdos que llegaron a Andrea la sumieron en un estado de ansiedad. Camilo no sabía qué hacer, intentó centrarla con ejercicios de respiración y con meditación, pero pronto se dio cuenta de que necesitaba ayuda profesional. Habló con Paula y después de contarle todo lo que había pasado, ella sugirió que fuera Mar quien la atendiera, pero ya era demasiado tarde para llamarla y optó por enviarle un mensaje.

Pasaron una noche de mucha angustia. Andrea lloraba, sin parar, con tanta intensidad que el vigilante del edificio fue a confirmar si estaba bien. Después se quedaba en silencio, mirando al vacío, mordiéndose las uñas. Cuando parecía estabilizarse hablaba de manera desordenada, relataba historias de su infancia o repetía «Soy Diana», una y otra vez.

—Maté a mi mamá. Maté a mi papá. Maté a mi hijo. Maté mi matrimonio. Soy la muerte, Camilo, vete antes de que me mate o te mate a ti.

Las horas pasaron y Camilo se sentía agotado. Conectó a Paula en videollamada para ver si ella la tranquilizaba. Le preparó varias bebidas naturales. Puso *Como si fuera la primera vez* para distraerla. Se acostó con ella abrazándola para que se sintiera protegida. Los minutos eran eternos y él sentía que no iba a resistir. A pesar de todo el café que tomó para mantenerse despierto, se durmió casi al amanecer.

Lo despertó el frío. Estuvo desorientado un par de segundos antes de darse cuenta de que Andrea no estaba acostada. Saltó de la cama a buscarla y la encontró en la cocina, limpiando la nevera.

—Andre, ¿qué haces?

—No sé… Necesitaba… no pensar.

Él entendió que esa era su forma de conectarse con el presente. Concentrarse en dejar la nevera completamente desinfectada, reluciente, impecable. Poner la mente en blanco para poder descansar. Cuando terminó ya era de día, le dijo que se daría una ducha y que quería comer algo. No quería dejarla sola en el baño (donde sabía que tenía el botiquín con pastillas) pero ella dejó la puerta abierta y a los pocos minutos salió.

Prepararon el desayuno y a él le pareció que estaba con una persona diferente a la de la noche anterior. Con mucha calma Andrea empezó a explicarle que nada de eso podía ser cierto.

—Sé que yo misma te conté esa historia, pero ¿no te parece que me la inventé? Mejor dicho… yo tenía cinco años, estoy desesperada por conocer mi pasado, leo un artículo, alguien me dice que esa señora era mi mamá y mi cerebro buscando respuestas inventó el resto, ¿no crees?

Camilo no sabía qué decirle. Sí había pensado que él ni siquiera se acordaba de quiénes eran sus amigos de juegos a los cinco años y ella le había hecho un relato muy detallado, con ideas complejas para una niña tan pequeña. Sin embargo, sabía que la mente puede esconder muchos recuerdos y no le parecía descabellado del todo.

Paula los llamó para avisarles que Mar podía hablar con ella más o menos al mediodía. Camilo tenía que ir a su oficina a una reunión importante que hacían todos los lunes y buscó a Clara para que la acompañara mientras regresaba. No se atrevió a contarle la historia a la vecina, solo le advirtió que Andrea estaba pasando por un momento difícil con la búsqueda de su mamá y dados sus antecedentes con la ansiedad era mejor que no se quedara sola.

Andrea aprovechó que su vecina era bastante conversadora para contarle toda la historia y convencerla (¡convencerse!) de que nada de lo que había dicho la noche anterior era verdad.

—Tenés razón, Andre, eso parece una película.

—¡Exacto, eso pienso yo! Me dejé manipular.

Cuando Camilo regresó, justo antes de la cita con Mar, Andrea estaba completamente segura de que todo era falso. Algunos datos eran convincentes, como la fecha en el periódico, el apellido de la muerta y que tuviera una hija, pero de resto, podía ser la historia de cualquier persona. Además, su papá no era como lo había descrito: era un hombre amoroso con ella, siempre presente, al que nunca temió de ninguna manera.

—¡Ah! y a mi mamá le decía Nina, ¿qué tiene que ver ese nombre con Blanca?

En la llamada con Mar estuvo muy tranquila. Le explicó todos los motivos por los que estaba segura de que esa historia no era su historia. La psicóloga vio claramente los signos de la negación, algo muy frecuente cuando hay que enfrentarse a una situación traumática. Si algo de la muerte de Blanca era cierto, Andrea no había vivido su duelo de manera apropiada y eso explicaba por qué al crecer había desarrollado rasgos en su personalidad como la necesidad de aceptación permanente (incluso cambiando su forma de ser para agradar a los demás).

Mar intentó ahondar más en lo que sentía que en la veracidad de los hechos. Andrea le dijo que estaba agotada de buscar a su mamá y antes de terminar la consulta Mar le sugirió que hiciera un ejercicio: escribirle una carta a Blanca (sin importar si la historia era cierta o no), perdonándola por haber crecido sin ella.

—Pero... ¿qué le voy a decir?

—No lo pienses más de la cuenta. Empieza a escribir. Rompe la carta mil veces hasta que te sientas tranquila.

Acordaron retomar la terapia y hacer sesiones dos veces a la semana. Después de almorzar se arregló para ir al trabajo. Camilo veía con incredulidad ese cambio de actitud tan radical, pero Paula le dijo que confiara en Mar y que estuviera muy atento a cualquier variación en su comportamiento. También le pidió que revisara qué pastillas tenía y si era posible que la acompañara por unos días, mientras todo se estabilizaba.

Cuando Camilo llegó por la noche Andrea parecía viviendo en otra realidad. Le contó que había llamado a Ricardo varias veces pero que no lograba comunicarse con él. Estaba angustiada porque quería (con urgencia) tener información de su hijo; Daniel seguramente la extrañaba mucho y Javier tampoco respondía al teléfono.

—Mi papá es muy malo con la tecnología, no sabe contestar estas llamadas por Internet —le explicó a Camilo con total convicción.

—Andre… espera… ¿quién es Daniel?

—¡Pues mi hijo! Ay, Cami, lo vas a amar cuando lo conozcas, es el niño más adorable del mundo… No me mires así… todas las mamás decimos eso, pero yo sé que es verdad. ¡Pregúntale a Paula!

En las últimas horas cambió la historia de su vida por completo. Incluso le mostró a Camilo la foto de un niño de tres años, la imagen tenía una marca de agua como si la hubiera descargado de Internet. Con preocupación por no saber de su familia, Andrea llamó a Paula. Lo primero que le pidió fue que contactara a Ricardo para avisarle que ella estaba bien y que se regresaría a México el fin de semana.

—¿Cómo que te vienes?

—Sí, amiga, ya es hora. No me imagino cómo está Ricardo organizándose con todo lo del niño sin mí.

Paula le dijo que le devolvería la llamada en cuanto hablara con su esposo, colgó y llamó a Mar. Después de disculparse varias veces por contactarla por fuera de su horario de consulta, le explicó la situación agregando otros detalles que le había dado Camilo por chat: «Piensa que su papá está vivo, que no se ha divorciado y que tiene un hijo».

Casi al mismo tiempo recibió un mensaje de Ricardo: «Dile a tu amiga loca que deje de buscarme. Hoy me llamó más de veinte veces. Si necesita algo que hable con mi abogado».

Mar sugirió que buscaran algún profesional en Medellín que pudiera atenderla, personalmente, al día siguiente. Camilo se quedó con ella esa noche fingiendo que se sentía indispuesto y que prefería dormir acompañado por si le subía fiebre o se sentía peor. Contrario a lo que esperaba, Andrea se quedó dormida viendo televisión y no se despertó ni una sola vez en toda la noche. Cuando sonó el despertador estaba mirándolo con tranquilidad, le dio un beso de buenos días y se ofreció a prepararle el desayuno.

—¿Cómo te sientes? —preguntó Camilo desconcertado por el beso.

—Bien, amor. Me duele un poco la cabeza, pero ya me voy a tomar una pastilla —respondió Andrea desperezándose para salir de la cama.

Él la miró sin saber cómo comportarse. La vio poner música alegre y bailar mientras preparaba el desayuno. Le escribió a Paula para explicarle lo que estaba pasando y ella de inmediato llamó a Andrea.

—¿Qué pasa, Güera? ¿Tú llamándome un martes?

—Pues sí, amiga, quería saber cómo estabas —respondió Paula intentando encontrar alguna señal.

—Uffff, ni te digo… con un montón de trabajo y hoy (además) con dolor de cabeza.

—Pobre… ¿y Camilo?

—¡No tienes idea! —Andrea se alejó un poco para que no la escuchara y le respondió en voz baja—: Estamos mejor que nunca. Creo que me va a proponer matrimonio.

—¿En serio? ¿Por qué lo dices?

—El instinto… nunca me falla.

Paula confirmó que su amiga estaba en otra realidad. Cuando colgaron le escribió a Camilo pidiéndole que no la dejara sola hasta que encontraran a un terapeuta en Medellín; ya Mar estaba buscando a quién remitirla.

El desayuno fue bastante incómodo para él con Andrea tratándolo cariñosamente y sugiriendo que se quedaran todo el día en la cama. Temía llevarle la contraria y que tuviera un episodio peor. Cuando estaban a punto de terminar, recibió un mensaje de Paula diciéndole que ya tenían un psicólogo que podía atenderla en Medellín.

Lo siguiente no sería nada fácil: ¿cómo convencerla de ir a ver a un profesional? Atrapado en la historia que ella había creado, Camilo no sabía si era mejor seguir involucrándose o pararla de una vez. Ambas opciones le parecían peligrosas y Mar le había explicado a Paula que sin una evaluación completa no podía recomendar una u otra; su sugerencia, por el momento, era que le siguiera la corriente sin pasar ningún límite razonable.

¿Cómo así? ¿Cuál es el límite razonable?

No me dijo… pero para mí es que no te acuestes con ella.

Obvio que no. Tranquila.

Lo invitó a que se ducharan juntos. Lo llevó de la mano hasta el baño. Él intentaba encontrar una buena excusa y mientras estaban en el juego (ella halándolo, él haciéndose el difícil) Andrea se vio en el espejo. De inmediato le soltó la mano, calló la risa coqueta y se quedó mirando su imagen fijamente en silencio. Sus ojos se llenaron de lágrimas. Vio a una mujer que le devolvía el gesto sin reconocerse en ella. Sabía que se llamaba Andrea, que no tenía ni papá, ni marido ni hijos. Que no era ni colombiana ni mexicana, aunque fuera las dos cosas. Treinta y cinco años viviendo en ese cuerpo con el que no se identificaba. El pelo que peinaba a diario. La piel que maquillaba sabiendo perfectamente qué ocultar y qué resaltar. Las arrugas en la frente por fruncir el ceño cuando pensaba. Las orejas que le parecían exageradamente grandes. La cicatriz en la ceja que nadie veía. La expresión triste. La mirada vacía. Diana. Una desconocida.

—Andre… ¿estás bien? —La voz de Camilo la sacó del trance.

—Yo… No…, no estoy bien… Yo… Ayúdame.

La llevó a la sala y se sentaron en silencio por unos segundos. Parecía que los recuerdos la agobiaban, hacía gestos, cambiaba de expresión, pero no lograba decir nada concreto. Después de unos minutos, confiando en su sentido común, él la sacó de sus pensamientos:

—Andre, ¿sabes lo que está pasando?

—No sé muy bien, pero me siento agotada.

—¿Qué es lo último que recuerdas?

—Creo que te conté sobre la muerte de mi mamá, pero ya no sé si es verdad.

—Sí, hablamos de eso… pero han pasado muchas otras cosas en estos dos días y no sé cómo ayudarte. Mar nos recomendó a un colega acá en Medellín para que te atienda. Si quieres podemos ir hoy mismo.

Tenía mucho miedo. De lo que le estaba pasando y de su mente uniendo imágenes y creando historias que no podía comprobar. Miedo de pensar que alguna de ellas fuera cierta.

7

Aunque su primera reacción fue rechazar al doctor Cadavid, después de varios meses de terapia Andrea se sintió de nuevo en control de su vida. El psicólogo que Mar le había recomendado era un hombre muy severo y práctico que rápidamente la confrontó con el trauma que ella venía evitando. Según le explicó, no valía la pena desgastarse en descubrir la verdad sobre la historia de su mamá, porque el efecto que había tenido en su vida crecer sintiéndose abandonada era el mismo, conociera o no su pasado.

Las primeras veces que lo escuchó hablar así quiso salir corriendo, perderse en la vida y no volver nunca, pero Camilo y Paula la mantuvieron enfocada y con las sesiones entendió que tenía razón. Incluso descubrió que las ganas de encontrar a su mamá no tenían nada que ver con el anhelo de construir una relación, sino con la necesidad de descargar sobre ella la rabia que había acumulado durante tantos años y la culpa que sentía por todo lo que le había pasado.

Todavía soñaba con formar una familia y temía que ahora sí fuera cierto que el tiempo se le estaba agotando. Empezó a salir con Diego (el primo de Camilo) de manera oficial, y aunque le parecía que le faltaban la sofisticación y la caballerosidad de Ricardo, era un hombre que les daba espacio a sus ideas y emociones. Con él podía ser auténtica, hablar de todas esas cosas que durante años la habían atormentado, mostrarse vulnerable, y no tenía que ser la mujer perfecta para presumir. Le gustaba además que era un hombre que rompía con el estereotipo físico de sus parejas anteriores: era moreno y los músculos se le marcaban por debajo de la ropa ajustada de una manera que a ella le parecía sexi.

Él admiraba su valentía, sabía que había superado momentos difíciles y que seguía luchando cuando los días eran malos. Y no faltaban los días malos: a Andrea a veces se le atravesaban la culpa, la rabia, el odio o las ganas de llorar todo el día sin motivo aparente. Por temporadas solo quería pelear con él; sin importar lo que le dijera quería gritarle y, tanto si Diego se involucraba en la pelea como si la ignoraba, el conflicto escalaba hasta que exhausta terminaba llorando y con la certeza de que nunca sería feliz.

Dejó a un lado la culpa por el accidente de su papá y por el aborto, pero pensar que Blanca era su mamá y que ella le había disparado despertaba pensamientos dolorosos sobre sí misma que le costaba apartar. Contra la recomendación del psicólogo retomó la búsqueda de información, esta vez ocultándoselo a su novio y a sus amigos.

Avanzar sola no era igual. Los pocos datos que tenía eran insuficientes para obtener respuestas. Buscó en los demás periódicos locales algo relacionado con la noticia de la muerte de Blanca, pero no encontró nada; sin embargo, después de ver un obituario se le ocurrió ir a los registros de defunción en las parroquias. Iglesias en Medellín: trescientas treinta y seis; en Guayabal, donde ella creció: nueve. Su plan consistía en buscar en los libros los datos que tuvieran entre dos semanas antes y un mes después de la noticia del periódico. Empezaría por la Iglesia de Cristo Rey y a partir de ahí consultaría sistemáticamente en las parroquias cercanas.

Aunque en su cabeza sonaba bien, en la práctica no era fácil. Además de tener que encontrar el tiempo para escaparse del trabajo y visitar cada sede, los secretarios que llevaban los registros no eran precisamente amables y le hacían muchas preguntas sobre para qué quería la información. En la tercera iglesia fue recibida con mayor hermetismo y le pidieron llenar un formulario. Mientras esperaba notó que quien estaba antes de ella tenía un método que funcionaba: le llevó una caja de chocolates a la secretaria de la parroquia, habló con ella durante varios minutos sobre el exceso de trabajo que tenían por esos días en la iglesia, alabó su corte de cabello y después le dijo que estaba escribiendo un libro y que quería incluir a las personas importantes del barrio en su historia.

La mujer, que llevaba una lista larga de nombres para consultar, se puso unos guantes de tela cuando le llevaron el primer libro y anotó en una libreta los datos que parecían interesarle. Magda, la secretaria de la iglesia, le contó que las consultas habían incrementado en el último año porque la gente quería armar su árbol genealógico para demostrar que eran judíos:

—¡Qué atrevimiento venir a una iglesia católica para cambiarse de religión!

Con risa nerviosa, la escritora apoyó su comentario y siguió pidiéndole folios que se remontaban hasta el inicio de la congregación en el barrio. En una de las ausencias de Magda, se acercó a Andrea y le preguntó si ella estaba buscando a sus antepasados sefardíes.

—Mucho gusto, soy Beatriz. Te ofrezco mis servicios; esta es mi tarea diaria —le dijo y le entregó con complicidad una tarjeta en la que, debajo de su nombre, se leía «Experta en genealogía».

Andrea no tenía ni idea de que había personas encargadas de ese tipo de trabajo y, en vista de que no podía hacerle más preguntas en frente de la secretaria de la iglesia, se despidió de ambas y le envió un mensaje de texto a Beatriz cuando salió de la parroquia.

Se reunieron al día siguiente en una cafetería del barrio. Andrea le contó que había sido llevada a México cuando era niña y que estaba buscando a su mamá, de quien solo sabía que se llamaba Blanca Sánchez y que había muerto a principios de junio de 1985. Pensaba que podía haber información en ese barrio, pues su casa de infancia quedaba a algunas cuadras. Beatriz tenía una agenda enorme con decenas de papeles en riesgo de caer cada vez que adelantaba y retrocedía las páginas. Le pidió todos los datos adicionales que tuviera, pero Andrea solo «sabía» que su nombre real podía ser Diana y el de su papá José.

Después de escribirlos en la esquina de una hoja que ya estaba llena de anotaciones, le informó el precio de la investigación y le dio un número de cuenta para hacer el pago por anticipado.

—Generalmente encuentro información en una semana, pero en casos difíciles puedo tomarme hasta un mes.

—Entiendo, pero... ¿hay alguna garantía? La verdad es que es una cifra considerable —comentó Andrea bajando la mirada al final de la frase.

—Lamentablemente no… no hay garantía. Por este precio haré la búsqueda en el registro de las zonas cinco, seis y siete, donde hay mayores probabilidades según lo que me dices, y voy a cubrir casi cien iglesias.

Andrea no sabía si Beatriz era una experta en genealogía o una estafadora, pero sintió que era su mejor oportunidad y le dijo que, después de que recibiera el pago del sueldo al final del mes, haría la transferencia.

Durante los siguientes días estuvo pensando si seguir adelante o no. Pasó varias noches sin dormir bien. Lo peor era no poder contárselo a nadie; los secretos, aunque sean pequeños, son como una herida en la piel que no cura y que está lista para abrirse ante el más mínimo roce. Tenía miedo de que la juzgaran por seguir obsesionada con la verdad. Se comía las uñas y lloraba a escondidas. Cuando Diego le preguntaba si estaba bien le decía que tenía problemas en el trabajo, y si le preguntaban en la oficina les decía que estaba peleando con su novio. En cuanto el pago de su sueldo ingresó a la cuenta bancaria, hizo la transferencia y le avisó a Beatriz. «Ahora solo me queda esperar». Pero la espera no era más llevadera que la culpa. Todos los días se despertaba anhelando alguna noticia y la respuesta siempre era «Todavía no».

Pasadas tres semanas, Beatriz le envió por correo electrónico la copia del certificado de defunción de Blanca, su registro de matrimonio con José Echeverry Zapata, el certificado de bautismo de ambos y el de su hija: Diana Patricia Echeverry Sánchez, nacida el 22 de septiembre de 1979 en el Hospital General de Medellín. «Ya sabía yo que no podía ser Tauro». Se rió ante la banalidad de su pensamiento. Las piezas encajaban, tenía la información por la que había pagado, se sentía como una niña que acaba de armar un rompecabezas muy difícil. ¿Y ahora qué? No lo había pensado antes. Ya sabía los nombres y apellidos de los tres, sus fechas de nacimiento y tenía certeza sobre la muerte de su mamá.

Cuando se encontró con Diego en la noche no resistió la necesidad de contarle lo que había descubierto. Él no podía creer que fuera posible conseguir toda esa información sin ni siquiera ser parte de la familia.

—¿Y ahora qué sigue?

—Pues no sé. Cada vez que avanzo me doy cuenta de que no tengo un plan. Tal vez esperaba que me dijera que Blanca no estaba muerta, o que no había tenido nunca una hija, pero las fechas y los nombres... todo encaja en mi historia.

—¿Y qué quieres hacer?

—¿Me acompañas al cementerio el sábado?

Diego no estaba seguro de que fuera una buena idea. La convenció de pedir una cita con el doctor Cadavid para contarle lo que había pasado y que él le diera una recomendación profesional. El psicólogo la confrontó con su verdadera motivación para seguir la búsqueda, y luego de hablar durante casi una hora ambos estaban seguros de la respuesta: para cerrar el ciclo. Andrea había llegado a la fase de aceptación.

El cementerio, llamado Campos de Paz, estaba en una pequeña colina y era un enorme jardín con muchos árboles. A pocos metros de la entrada había una escultura en bronce de catorce metros de altura con la figura de un hombre emergiendo de una circunferencia, como flotando hacia el cielo. La placa de la base la nombraba *Resurrección* y revelaba el nombre del artista: Jorge Marín Vieco. Andrea se sintió tranquila con esa imagen y pensó que sus padres muertos ya estaban en un lugar mejor.

Caminaron hacia la capilla. Era una imponente estructura de concreto blanco y vidrio que a ella le pareció inusual y hermosa. Hicieron una pequeña oración que la ayudó a tranquilizarse y fueron a la oficina de administración. El cementerio era enorme, tenía veintidós hectáreas, había lotes, cenizarios y osarios… era el último hogar de más de cincuenta mil personas. Diego se veía incómodo, pero la acompañó hasta que los atendieron y les indicaron en qué sector encontrar los restos.

Tuvieron que caminar un buen rato. Iban en silencio, tomados de la mano. La tumba estaba en un lote alejado, pero la encontraron fácilmente porque era la más cuidada del sector y tenía una pequeña imagen de un ángel en la cabecera y algunas flores. La inscripción en la lápida decía: «Tu partida fue inesperada y dolorosa, pero tu recuerdo vivirá en nuestro corazón siempre».

Andrea llevaba unas flores que acomodó al lado del ángel. Diego la dejó sola. Después de unos minutos en silencio sacó una carta que llevaba en el bolso.

> Mamá:
> Escribo con mucho dolor esta palabra que significa tanto para mí y que siempre estuvo llena de un amor que no he sentido por nadie más, aunque durante mucho tiempo no supe a quién dirigirlo. No tengo una gran colección de recuerdos de nosotras juntas, pero sé que vivimos momentos hermosos y que el dolor de perderte solo pude manejarlo porque mi papá creó para mí un futuro diferente. Sé que fuiste una buena madre y tal vez por eso me obsesioné con tener hijos para seguir pasando tu legado de amor.
> He tenido una vida difícil, no por ti ni por mi papá sino por mis propias decisiones. Él fue un buen padre y me hace falta todos los días, no puedo ni siquiera imaginar lo difícil que fue criarme solo y en un país que era extraño para los dos.
> Ahora que te encontré vengo a pedirte perdón. Me cuesta entender lo que pasó y organizar los detalles en mi mente, pero sé que habernos separado fue mi culpa y el vacío de perderte lo puedo sentir como un enorme hoyo negro en mi corazón.
> Guíame y protégeme.
> Te amo,
> Andrea

Se secó las lágrimas y se despidió dándole un beso al ángel con los dedos. Esa noche durmió en paz. Con una serenidad que no recordaba. Sintió que sus heridas estaban sanando, que estaba recorriendo el camino necesario para llegar a la calma.

8

Organizó su cumpleaños treinta y siete en Cartagena para rendir homenaje a su papá y compartir con las tres personas más importantes de su vida en ese momento. Disfrutaron de la deliciosa comida de esa ciudad colombiana, de las hermosas construcciones coloniales, de la vida nocturna con todo tipo de música y de caminar al atardecer por las murallas al frente del mar. Después de apagar las velas en el pastel y de pedir su deseo, recibió un mensaje de texto desconcertante: «Destruiste a nuestra familia. No vas a vivir ni un minuto en paz». Al ver su cara de terror Diego le arrebató el celular, leyó el mensaje y llamó al número desde su teléfono.

—¿Qué quiere con Andrea? —preguntó en tono retador.

—Con Andrea nada. Pero a Diana, la asesina de mi mamá y de mi tía, no la voy a dejar en paz nunca —respondió con mucha calma la voz al otro lado del teléfono.

—¿Quién es usted?

—Laura, la sobrina de Blanca.

—La muerte de Blanca fue un accidente —respondió Diego mientras Andrea lo veía manejar la conversación con un pragmatismo que ella nunca lograría.

—¡Claro, sigan creyendo esas mentiras!

—¿Y cómo se supone que Diana mató a su mamá si tenía cinco años cuando se fue de Colombia?

Laura se quedó en silencio. Andrea miraba a Diego con la esperanza de entender lo que estaba pasando.

—Pásemela y yo se lo digo.

Diego dudó. No sabía si era bueno exponer a Andrea a una confrontación directa, pero ante la insistencia de su novia puso el teléfono en altavoz.

—Acá la está escuchando. Díganos.

—¡Asesina! No te voy a dejar en paz nunca, vas a vivir el doble de lo que mi hermana y yo hemos sufrido —gritó Laura y Diego colgó la llamada.

Los cuatro se quedaron en silencio por unos segundos. Paula corrió a abrazarla antes de que tuviera una crisis.

—Tranquila, es una loca, solo quiere hacerte daño —le dijo Camilo mientras le daba un vaso de agua.

—Pero, ¿quién era?

—Dijo que era prima tuya. Laura —respondió Diego.

—¿Será verdad? —preguntó Andrea con lágrimas en los ojos.

—¡¿Cómo va a ser verdad?! No ves que ni siquiera supo explicarse. Apaga el celular —le pidió Diego— y cambia el número apenas volvamos a Medellín. Olvídate de esto, no vale la pena que caigas en ese juego.

Sus amigos trataron de animarla llevándola a bailar a la mejor discoteca de la ciudad, pero sin importar qué tan alto sonara la música o cuántas vueltas diera con Diego en la pista, las palabras de Laura seguían resonando en su cabeza.

Cuando regresó a Medellín cambió el número como le había sugerido su novio. Los siguientes días estuvo muy nerviosa, pensando que en cualquier momento llamarían a la nueva línea y Laura estaría acusándola otra vez. Contactó a Beatriz para pedirle que investigara si su tía Fernanda había fallecido y cualquier información adicional sobre el resto de su familia. Sentía que un peso profundo la arrastraba de nuevo hacia el vacío.

Después del cumpleaños de Andrea, Paula se quedó una semana más en Medellín. Ella y Camilo estaban considerando vivir juntos, pero no lograban ponerse de acuerdo entre México y Colombia. Aunque a ella le aterraba la idea de irse a otro país, no era capaz de decírselo de frente a su novio y ponía excusas a todo lo que él proponía.

Pensando que lo que le faltaba a Paula era ver que su propuesta era seria, Camilo construyó un plan para que se quedaran en Colombia: dada su profesión en el área de impuestos no veía oportunidades laborales en México para él, mientras que la empresa de Paula tenía oficinas en diferentes lugares del mundo y podía pedir un traslado; como experta en capacitación a fuerzas de ventas no necesitaba realizar ningún estudio adicional en Colombia. Le preparó un ejercicio sobre cómo podría ser su vida en los próximos años. Había analizado la situación y probablemente tendrían que mudarse a Bogotá, ya que la empresa de ella tenía su sede allá. Él pediría un cambio de ciudad o buscaría otro trabajo, seguramente devengaría un mejor salario en cualquiera de los dos casos. Le presentó varios escenarios en una hoja de cálculo en la que estaban incluidos los ingresos estimados de ambos, los costos de vida en cada ciudad y gastos adicionales para visitar a sus familias cada año.

Camilo estaba entusiasmado hasta el éxtasis, mientras ella no entendía en qué momento se le había salido todo de las manos. Paula tenía mucho miedo de lo que significaba irse a otro país, pero entendió que no tenía argumentos válidos para que se establecieran en México y él ya había diseñado completamente su vida en Colombia. Pero, sobre todo, un punto del plan la tenía inquieta y no sabía cómo abordarlo: él había previsto que en un par de años tuvieran un hijo.

—Sabes que me encantan los niños —le dijo a Andrea mientras hablaban del tema—, pero no me siento capaz de ser responsable de la vida de otra persona.

—Ay, no digas mamadas... Si eres la mujer más maternal que conozco.

—¡No, claro que no!… No estoy preparada.

—¿Cómo puedes decir eso? Si te hiciste cargo de tus hermanos cuando apenas tenías doce años.

Haber sido una madre sustituta cuando era una niña le había creado a Paula un rechazo hacia su propia maternidad. Sabía que ya no estaba en edad de seguir aplazando la decisión y se sentía incapaz de quitarle ese sueño a Camilo. Andrea entendió la situación inmediatamente: como solía pasar, Paula anteponía los deseos de los demás a los propios.

—¿Nunca le has dicho que no quieres?

—Es que no sé si no quiero. Pero le he dicho que no... por ahora.

—¡Muy mal, Güera! ¿Qué vas a hacer entonces?

—Voy a pensarlo… Tal vez tengas razón y sí pueda ser una buena madre.

Andrea sentía que su momento de tener un hijo había pasado y, aunque deseaba no detenerse en ese pensamiento que le traía de regreso sentimientos mezclados sobre su relación con Ricardo, cayó en la melancolía. Recordaba con nostalgia la época en la que fueron novios: él siempre la llenaba de detalles y la hacía sentir especial. Extrañaba el lenguaje particular con el que hablaban, la intimidad que crean dos personas y no vuelve a repetirse con nadie más; ese universo en el que cada tono, cada gesto y cada palabra existen únicamente dentro de la pareja.

Intentando entender cuándo había cambiado todo se dio cuenta de que el compromiso fue el momento en que la relación se transformó de manera radical. Ahora que veía las cosas con mayor claridad, parecía que Ricardo se había fijado la meta de casarse con ella y, una vez asegurada la boda, sus prioridades se habían desviado hacia el trabajo. «¿Es posible que sea tan maquiavélico?». Para no dejarse atrapar por la tristeza de su fracaso, se concentró en esos defectos que con el tiempo se hicieron más evidentes: era la persona más fría, egoísta y calculadora que había conocido.

Pasadas dos semanas Beatriz la contactó. Tenía la información que le había pedido y algunos datos extra. Le contó por teléfono que, efectivamente, Fernanda era su tía y que había fallecido tres meses después que Blanca; también le anticipó que tenía dos hijas: Magdalena y Laura, y que ambas estaban vivas. Todos los detalles los incluyó en un informe que le envió por correo electrónico.

Andrea no sabía cómo prepararse para saber más de su familia. Se sentó en silencio un rato a recordar los buenos momentos que vivió con su papá, se sirvió un té y sacó fuerzas de tantos años de espera. Según el informe, Magdalena tenía seis años más que ella y Laura era apenas una bebé cuando su mamá murió. Ambas eran hijas de padres diferentes y cuando Fernanda falleció los abuelos paternos de Laura se hicieron cargo de ellas. Según había averiguado Beatriz, Fernanda se suicidó y las niñas tuvieron muy mala vida con sus abuelos, a quienes dejaron cuando Magdalena tuvo la mayoría de edad y pudo pedir la custodia de su hermana. Laura era trabajadora social, tenía una fundación en contra del abuso sexual, y Andrea pudo ver en sus redes sociales que hablaba mucho sobre el tema e inclusive, en una entrevista, hacía referencia «a su propia experiencia», pero en ninguna parte encontró fotos de su hermana mayor ni Beatriz las había adjuntado.

A pesar de todo lo que había pasado, le parecía fascinante saber que tenía familiares a quienes no conocía. Revisó cientos de fotos de Laura intentando traer algún recuerdo de sus primas cuando era niña. Nada. No existían en su memoria. Quería entender por qué la odiaba tanto pero no había ninguna explicación concreta y menos alguna justificación para decir que ella había matado a Fernanda. Beatriz ya le había aclarado que no había más información para consultar. ¿Cómo seguir la vida sabiendo que podía encontrárselas cualquier día en la calle?

Diego la veía tan obsesionada con el tema que le propuso que confrontaran personalmente a Laura. Era relativamente fácil encontrarla en alguno de los eventos a los que iba y, después de algunos días pensándolo, Andrea vio que participaría en un foro de violencia sexual la semana siguiente. Repasaron los datos que tenían; Diego parecía un investigador privado de los de las películas con un tablero lleno de notas adhesivas y recortes de prensa. A ella le gustaba verlo en ese rol, aunque por momentos parecía un asesino serial buscando cómo atrapar a su próxima víctima.

Llegaron al lugar del evento unos minutos antes de que empezara y se sentaron en la parte de adelante en los puestos laterales. Había alrededor de trescientas personas. Las estadísticas de abuso en Colombia mostradas en las primeras presentaciones eran aterradoras: la Policía había recibido más de quince mil denuncias en el último año y había certeza de que solo un pequeño porcentaje de las víctimas llegaba a esas instancias. Andrea le apretaba la mano a Diego con cada nueva cifra. Después se dio inicio al panel donde un experto invitó al escenario a tres mujeres, incluyendo a Laura.

Se le aceleró el corazón al ver a su prima tan cerca. Se reconoció en sus rasgos: ambas tenían el pelo oscuro y liso, la piel clara y, un detalle que a ella no le gustaba mucho, la punta de la nariz muy redondeada. Laura era delgada y más baja que Andrea. Se vestía de manera informal pero bastante femenina y combinaba muy bien el maquillaje con los accesorios, lo que evidenciaba cuánta atención prestaba a los detalles.

El moderador le pidió a cada una que contara su historia. Cuando llegó el momento, Laura habló con severidad de su abuelo paterno, quien abusó sexualmente de su hermana mayor (con quien no tenía una relación de sangre) durante al menos cinco años. Después de la muerte de su mamá no tenían a ningún otro familiar, y Magdalena había aguantado todo tipo de aberraciones para que no las separaran. Ella era muy pequeña para entender lo que pasaba, pero generalmente ocurría cuando la abuela salía y las dejaba con él.

En total silencio, el público la escuchó hablar de los supuestos juegos que su hermana le proponía únicamente para mantenerla a salvo del abuelo. En la víspera de su sexto cumpleaños la abuela salió a comprar lo necesario para hornear un pastel y se llevó a la hermana mayor, quien antes de irse le dijo que debía esconderse en silencio en un baúl en el cuarto de costura hasta que volviera. Ella todavía recordaba la voz del abuelo llamándola e intentando chantajearla con todo tipo de regalos. Encerrada en ese pequeño espacio sabía que algo muy malo podía pasarle. Lo había visto en los ojos de Magdalena, en la súplica que le había hecho para que no se dejara encontrar.

Cuando regresaron a la casa, su hermana corrió a buscarla en el escondite y la encontró inconsciente, completamente bañada en sudor; desde entonces sufría de claustrofobia. Meses después dejaron la casa. Magdalena no se había recuperado nunca del trauma y se había vuelto una mujer muy desconfiada.

Mientras la escuchaba, Andrea lloraba en silencio imaginando lo difícil que había sido su vida, aunque seguía sin entender por qué la culpaba de todo lo que les había pasado.

Después de algunas preguntas e interacciones entre los panelistas, Laura tomó de nuevo la palabra para resumir algunas señales de alerta del abuso intrafamiliar. Andrea se sintió orgullosa al verla tan dueña de esa lucha y decidió que no era el momento de enfrentarla, por lo que le pidió a Diego que se retiraran antes de finalizar el evento.

Durante los días siguientes estuvo muy atenta leyendo todo lo que compartía su prima en las redes sociales; le parecía que cada día la conocía más y anhelaba buscar el espacio para volverla a ver y conversar de manera tranquila. Diego perdió el interés en la búsqueda y en un par de ocasiones la criticó por no tomar una posición firme frente a su prima considerando las amenazas que le había hecho. Andrea empezó a percibirlo insensible ante su situación y, para evitar sus comentarios que podían ser bastante hirientes, dejó de contarle lo que averiguaba de Laura. Sin ponerse de acuerdo empezaron a distanciarse.

Casi un mes después de haber asistido a la conferencia, recibió un correo electrónico que la asustó mucho: «Deje de investigar sobre el pasado, ¿o tiene muchas ganas de hacerle compañía a su mamá en el cementerio?».

El mensaje no estaba firmado y al tratar de responder para exigir una explicación, se dio cuenta de que el correo desde el cual le habían escrito no existía. «¿Sería Laura? ¿Cómo pudo saberlo?». Entendió que había sido muy arriesgado ir a la conferencia, pero si ya habían pasado varias semanas ¿por qué le escribía apenas hasta ahora? Lo habló con Paula y con Camilo, pero a ambos les pareció que era una amenaza inocente y tal vez lo mejor sería dejar todo el asunto en el pasado; sin embargo, ella sentía que había avanzado mucho y no era el momento de detenerse. Con determinación decidió contactar a su prima para pedirle que se reunieran y le envió un mensaje por las redes sociales:

> Laura:
> Entiendo que tienes mucho resentimiento hacia mí, pero creo que en esto no somos más que víctimas. Te propongo que hablemos para aclarar las cosas.
> Andrea.

Esperaba una respuesta inmediata pero pasaron algunos días sin saber nada. Un día, al regresar a su apartamento, el vigilante del edificio le entregó un sobre algo abultado que no tenía remitente. Con curiosidad lo abrió ahí mismo, antes de subir a su casa. Adentro encontró una especie de carpeta color marrón; en la primera página había una imagen de Jesús en la cruz, y en la siguiente un texto en el que invitaban a una misa por el descanso eterno del alma de Diana Patricia Echeverry Sánchez.

Andrea no entendía de qué se trataba.

—¿Usted sabe qué es esto? —le preguntó al vigilante.

—Es un sufragio, doña Andrea.

—¿Y eso qué es?

—Era lo que mandaban antes cuando una persona se moría. ¡Uffff, hace tiempos que no veía uno!

Lo leyó otra vez y entendió que era su nombre, ese con el que no se reconocía.

—Pero, ¿y si esta persona está viva?

—Uy, eso sí es grave… Es una amenaza de muerte.

El vigilante revisó el registro para ver si aparecía el nombre de quien lo había llevado, pero el sobre llegó con el resto de paquetes del día. Muy nerviosa subió a su apartamento y llamó a Diego para contarle. Él le dijo que era su culpa por haberle prestado tanta atención a su prima y le recomendó no hacerle caso. Habló con Paula a quien le hizo gracia y con Camilo quien sugirió dirigir su energía a temas más útiles. «¿Por qué ninguno entiende?». Esa noche no pudo dormir. ¿En realidad eran capaces sus primas de hacerle daño? Aunque Laura tenía una personalidad fuerte, la veía más como una persona enérgica que como una asesina y no podía creer que la acusara de la muerte de Fernanda.

Al día siguiente se sintió observada en el Metro cuando iba rumbo a su oficina. Le pareció que alguien la seguía cuando fue a almorzar con sus compañeros de trabajo. De regreso en la noche tomó un taxi para no irse en transporte público y en un semáforo se alarmó cuando un par de hombres en una moto se detuvieron al lado de ella. Cuando llegó a su apartamento encontró otro sobre en el que salía una nota de prensa hecha por computador: «Mujer muere en extraños sucesos».

Con terror se quedó en la portería hasta que Diego llegó ante su insistencia de que la acompañara. Le mostró el sufragio y la hoja con la noticia en la que se hablaba de un accidente en el que había muerto Diana Echeverry. Él entendió que las amenazas eran delicadas y le dijo que la acompañaría a la Policía al día siguiente.

Al despertarse decidió que no podía aguantar más.

—¿No ves que eso es lo que quieren? Que entrés en pánico... —le dijo él intentando calmarla.

—Pues lo consiguieron, Diego, yo no estoy acostumbrada a vivir así.

—Por eso… Vamos a la Policía.

—¿Y eso de qué va a servir?

Él se quedó en silencio. En realidad solo era útil para demostrar que había recibido amenazas en el caso en que alguien le hiciera daño. No había un remitente, no tenían registro de quién le había mandado los sobres. La Policía no le pondría protección y aunque él creía que no se iban a atrever a lastimarla, era un riesgo demasiado grande.

—Bueno, hagamos algo. Me quedo con vos hasta el sábado y el fin de semana te pasás a mi casa.

—No quiero que te sientas obligado… pero gracias. Creo que puede ser por un par de semanas mientras busco otro lugar.

Era miércoles y por el resto de la semana él la acompañó a la oficina y la recogió en la noche. Evitó salir a almorzar pidiendo comida a domicilio todos los días. El viernes en la tarde recibió una foto de Diego en el celular y un mensaje: «No crea que el guardaespaldas le va a servir de mucho. Ya lo tenemos identificado».

Le marcó de inmediato pero su novio no le contestó. Le mandó varios mensajes pidiéndole que la llamara cuanto antes, pero el teléfono parecía apagado. Llamó a Camilo llorando y estaba tan nerviosa que no podía ni hablar. Sus compañeros de oficina intentaron calmarla y su jefe la llevó a una sala de reuniones donde estuvo hasta que llegó Diego a recogerla. Cuando lo vio no sabía si alegrarse o gritarle de lo asustada que estaba.

—¿¡Por qué no me contestabas el puto teléfono!?

—Estuve en junta todo el día y cuando te iba a llamar para avisarte que ya venía no lo encontré, debe estar en el apartamento. ¿Por qué estás tan enojada?

Andrea le mostró la foto en la que él estaba entrando a su empresa. Se dio cuenta de que quien amenazaba a su novia estaba más organizado de lo que él pensaba. No quiso asustarla, pero le propuso que fueran directo a la Policía y que después fueran a recoger sus cosas para que se mudara con él.

En la estación el procedimiento fue bastante lento y lo único que lograron fue que quedara constancia de las amenazas. Le recomendaron cambiar su número de celular y variar con frecuencia sus rutas de movilización y sus horarios. Andrea no podía creer lo que estaba pasando, pero con Diego se sentía más segura por el momento.

9

No había decidido nacer en Medellín ni vivir en Ciudad de México; ahora que tenía la oportunidad eligió a Buenos Aires. Llegó en la mitad del verano y lo primero que la impresionó fue la piel bronceada de las porteñas, siempre ligeras de ropa y ocupando los parques, como si fueran playas, al final de las tardes y los fines de semana.

Alquiló un «monoambiente amoblado» en la calle Malabia, entre Soler y Guatemala. Al parecer el antiguo apartamento lo habían remodelado para sacar varias unidades más pequeñas y, aunque el espacio era diminuto y la distribución era un poco extraña, no necesitaba más y quería ahorrar todo lo que fuera posible. Tenía un pequeño balcón que miraba a la calle, un sofá que le servía de sala, comedor y estudio, un baño con tina, una cocina pequeña y encerrada y una cama semidoble en una esquina.

Todavía le costaba reconocerse con el pelo rubio y corto, pero le encantaba sorprenderse a sí misma cuando iba por la calle y veía su reflejo en alguna vitrina. «Mucho gusto, Paulina». Lo repetía constantemente pensando en la próxima vez que tuviera que presentarse. Había entrado al país con la identidad con la que había vivido los últimos años, Andrea Hernández Sánchez, pero después de pasar la primera semana en un hotel ya había conseguido nuevos papeles para ser María Paulina Morales Reyes, nacida en Ciudad de México el 10 de junio de 1980. Tenía, además del pasaporte, la licencia de conducción mexicana bajo la nueva identidad y una versión de su diploma de grado como diseñadora gráfica, en el cual lo único que había cambiado era el nombre.

Le parecía increíble que todo hubiera sido tan fácil. El Tuerto le explicó que siendo extranjera era sencillo porque localmente no tenían cómo buscarla en las bases de datos para corroborar la información y por su acento le sugirió que fuera mexicana: «así vas a tener menos quilombo que como colombiana», le dijo simulando un pase de cocaína por la nariz. Lo que seguía era abrir algunos servicios con su nueva identidad para que todo fuera más creíble. Compró una línea celular y solicitó una cuenta bancaria. Con esos papeles y un depósito de tres meses por adelantado pudo alquilar el apartamento.

Empezaba una nueva vida con mucho miedo y con el dolor de haber dejado a sus amigos, a su novio, el trabajo en el que estaba cómoda y la ciudad donde desde hacía algún tiempo se sentía en casa. «Es para protegerlos, ya me perdonarán». Antes de irse intentó dejar todo lo más organizado posible y se despidió a su manera, sin darles pistas de que se marcharía y mucho menos a dónde. Le dio el último empujón a Paula para que se mudara a Colombia, ayudándole a que la contrataran en su empresa con un buen salario. Se encargó de organizarle su matrimonio con Camilo antes de Navidad, mezclando costumbres mexicanas y colombianas para la fiesta. Convenció a Diego de que su relación no iba para ninguna parte y que él debería hacer el máster en España que venía aplazando durante varios años. Trabajó sin descanso el último mes para que los proyectos estuvieran tan adelantados como fuera posible y renunció. Fue a la tumba de su mamá a contarle que se iba pero que no la volvería a dejar nunca.

Se despidió diciéndoles que empezaría el año con un retiro de meditación en Cusco en el que estaría sin conexión durante un mes. Su verdadero plan era llegar a Buenos Aires por carretera, viajando en bus sin prisa entre ciudades de Perú, Bolivia, Chile y Argentina. Al principio había considerado quedarse en algún pueblo pequeño, pero sabía que las oportunidades laborales serían limitadas y en una gran urbe era más fácil para una extranjera pasar desapercibida.

Dejó un mensaje programado por correo para que se enviara el día en el que debía volver, explicándole a Paula que iba a desaparecer y pidiéndole perdón por habérselo ocultado: «Es mejor para todos, Güera, así estarán seguros… No me olvides, yo los recordaré toda la vida».

En cada lugar del trayecto dejaba algo o recogía algo. En Cusco se cortó el pelo, justo debajo de las orejas. En Puno compró unas hermosas pulseras de colores. En Copacabana se hizo pelirroja. En La Paz cambió su maleta de rueditas por una mochila. En Uyuni compró una cámara analógica que vio en una tienda de liquidación. En Antofagasta se hizo un tatuaje en forma de estrella debajo de la nuca. En Valparaíso se mandó a hacer unas gafas con un delicado marco metálico y forma redondeada que parecían recetadas. En Santiago se volvió rubia. En Osorno se cambió de nuevo el corte del pelo por uno de estilo militar. En Bariloche se enamoró de una caja de madera cubierta de piedras tornasoladas para guardar los recuerdos que conservaba de su papá. «Mucho gusto, Paulina» se convirtió en su mantra después de que le entregaron los papeles. Sacó también una licencia de conducción local para tener otro documento con su nuevo nombre y empezó a buscar trabajo para conseguir ingresos cuanto antes.

El mercado laboral en Argentina estaba bastante golpeado y los salarios eran muy bajos. De nuevo se enfrentó con el rechazo por ser la extranjera a quien nadie conoce y decidió probar dando clases. Antes de un mes ya tenía trabajo en un instituto dictando un curso de verano de dibujo. Para ganar más dinero se buscó un puesto de mesera los fines de semana en un restaurante de la Plaza Cortázar, atractivo únicamente por las propinas. Lunes, miércoles y viernes tenía las mañanas libres y las aprovechaba desenvolviendo cada tramo de la ciudad. Compró un mapa que pegó en la pared de la sala/comedor/estudio en el que planeaba marcar con alfileres las zonas que recorría.

Pronto se dio cuenta de que Palermo, su barrio, eran muchos barrios. Palermo viejo, donde estaba su apartamento, contenía a su vez a Palermo Sensible. Según leyó en Internet, era la zona del mundo con mayor densidad por kilómetro cuadrado de profesionales de la salud mental. «No me faltará un psicólogo». Había también tiendas de diseñadores, kioscos, restaurantes, boliches, cafés y pequeñas salas de teatro, en donde se mezclaban señoras porteñas con las compras de las charcuterías, mochileros de todo el mundo y ejecutivos siempre muy bien vestidos. Sin embargo, lo que más le gustaba era tener tantos parques alrededor y, en especial, el enorme bosque al que siempre comparaba con Chapultepec.

Había bajado de peso durante el viaje y en sus paseos por los parques se había entusiasmado con empezar a correr temprano en las mañanas, como lo hacían muchos locales. Estaba casi tan delgada como cuando se casó con Ricardo. «Estaré flaca pero mucho más fuerte». Como parte de su nueva vida había abierto cuentas en las redes sociales bajo el nombre de Paulina y había comprado seguidores e interacciones para que pareciera que tenía amigos en México y una historia.

Empezar una nueva vida era como comenzar una relación: un proceso de conocerse lentamente. En su caso, iba formando una identidad con cada paso que daba. Algunas cosas eran muy fáciles de cambiar y otras, aunque parecían superficiales, le costaban más. «¿Paulina toma vino o cerveza?, ¿cuál es su película favorita?, ¿prefiere la playa o las montañas?». Decidió llevar un cuaderno en el que anotaba lo que definía y mantener las interacciones sociales al mínimo hasta sentirse cómoda con su nueva personalidad. En el instituto apenas cruzaba unas palabras con el personal administrativo por fuera de las clases, pero en el restaurante era común que algún compañero se ofreciera a llevarla a su casa después del turno o que un cliente le pidiera el teléfono para invitarla a una birra. Le impresionaba que fueran tan directos para seducirla y que aceptaran un no por respuesta sin insistir.

Intentaba mantenerse muy ocupada para no pensar en su pasado, pero siempre llegaba algún recuerdo. A veces era su papá que cantaba tangos cuando estaba de buen humor los domingos. Hablaba imaginariamente con Paula para encontrar la solución a alguno de sus problemas. Recordaba los buenos momentos con Camilo. Le hacía falta sentir la protección de Diego. Le daba mucha curiosidad saber cómo estaban sus amigos, pero evitaba buscarlos en las redes sociales para no tener la tentación de contactarlos.

Era extraño vivir en el otro hemisferio y que las estaciones estuvieran cruzadas. En ocasiones se despertaba sin recordar que estaba en Buenos Aires y le tomaba algunos segundos orientarse en ese apartamento en el que todo era tan impersonal. «¿Qué pondría Paulina en las paredes?». Empezó por llevar algunas plantas y consiguió unas fotos de Ciudad de México que mandó a enmarcar. A las pocas semanas ya era una cliente fiel de las medialunas de manteca para el desayuno y tenía un lugar favorito para comprar empanadas.

A comienzos de marzo le hicieron un contrato en el instituto que le dio tranquilidad por lo menos hasta el invierno. Dictaba clases todos los días y se sentía cada vez más emocionada por reencontrarse con el dibujo; trabajar con las manos la hacía olvidarse del mundo y sentir que el tiempo no tenía importancia. Sus alumnos eran principalmente niños entre los siete y los diez años que con curiosidad y sin juicio seguían sus instrucciones. Empezó enseñándoles formas sencillas como las figuras geométricas y una vez alcanzaron mayor dominio de las imágenes los llevó de excursión a un parque cercano para que pintaran cortezas, ramas y hojas. La llegada del otoño fue ideal para introducir nuevas técnicas y que pudieran hacer representaciones más complejas, algunas de las cuales terminaron también adornando las paredes de su apartamento.

Se acercaba la fecha en la que siempre había celebrado su cumpleaños y una enorme nostalgia la acompañó los días previos: extrañaba a Paula como nunca. En contra de su promesa la espió en una de las redes sociales y vio que estaba embarazada; sintió que se desgarraba por dentro. Llamarse Paulina era una forma de rendirle homenaje a esa mujer que consideraba su hermana, y en el texto de la foto pudo ver que su amiga había decidido nombrar Andrea a su bebé. El domingo antes de su cumpleaños pidió que no le programaran turno en el restaurante e hizo un pícnic solitario en la Plaza de las Naciones Unidas para ver la enorme escultura en acero inoxidable de la Floralis Genérica cerrarse al atardecer.

—Ey, Paulina, ¿qué hacés? —Escuchó que le decía un hombre caminando hacia ella a contraluz.

—¿Perdón?

—Soy yo, boluda, Martín. ¿No fuiste hoy al laburo?

Era uno de los meseros que trabajaba en semana en el restaurante. Generalmente solo coincidían los viernes, apenas habían cruzado palabra en el trabajo y le sorprendió verlo y que la saludara. Inventó que era el aniversario de muerte de su papá y había decidido pasar el día sola (con la esperanza de que él siguiera su camino), pero Martín no tenía afán y se acomodó para acompañarla. Para evitar que le hiciera preguntas personales, fue ella quien llevó la conversación. Así supo que vivía con sus padres, que era el menor de cuatro hermanos, hincha del River, músico. Cuando le pasó el mate ella intentó ocultar el asco que le producía usar la bombilla, pero fue tan evidente que los dos empezaron a reírse hasta que él la besó.

—Ya está, podés tomarte el mate en paz.

Ella lo miró con sorpresa mientras chupaba el té amargo.

—No me pongás esa cara de coqueta.

Se rieron y ella evitó mirarlo a los ojos para que no la besara de nuevo. Al final de la tarde caminaron hasta el apartamento de Paulina; era un recorrido de casi una hora y él asumió el rol de guía turístico mostrándole algunos secretos del barrio. Antes de despedirse le dijo que la siguiente semana tocaría con unos amigos en un bar, por si quería ir.

Esa noche pensó en él con deseo. Martín era al menos diez años menor que ella, llevaba el pelo corto, la barba larga y su figura era estilizada:sus dedos, su nariz, sus brazos, lo hacían parecer más delgado de lo que era. Se vestía siempre con jeans y camisetas negras que combinaba con tenis de colores. Sus dientes estaban un poco torcidos y su voz era suave y tranquila. A ella no le parecía atractivo físicamente, pero se sentía seducida por su actitud. Besarla apasionadamente y después restarle importancia era una táctica infalible. «¿A cuántas más habrá conquistado así?». Se lo imaginó acariciándola con sus manos de pianista, sabiendo llevar el ritmo en la cama, hablándole al oído con ese acento que le parecía tan sensual. «No, no, no, no puedo involucrarme con nadie ahora, menos con un niño, sería una locura. Feliz cumpleaños a mí» se dijo antes de quedarse dormida mientras recordaba la última fiesta con su papá.

Decidió mantenerse lo más alejada posible de Martín y eso implicaba renunciar a trabajar los viernes en el restaurante. La idea de ese único beso ya era lo bastante perturbadora como para permitir que avanzara más. Se habían conectado en las redes sociales el día de su cumpleaños en el parque y lo espiaba de vez en cuando. A veces era él quien le ponía un «Me gusta» a cualquiera de sus fotos y eso era suficiente para que recordara la manera en que la había tocado al ayudarle a recoger el pícnic o el olor de su piel cuando se despidieron.

El día del cumpleaños de Paulina, la felicitaron en el instituto y una profesora llevó chocotorta para compartir. También recibió varios mensajes de compañeros del restaurante y se descubrió ansiosa esperando en pijama con el celular en la mano a que Martín le escribiera. «Qué tontería, parezco una adolescente».

10

El invierno era la estación que menos le gustaba, aun cuando no tenía una referencia real porque en Ciudad de México casi nunca llegaba a ser muy frío y en Medellín llamaban invierno a la temporada de lluvias. En Buenos Aires los días eran más cortos y la necesidad de usar varias capas de prendas la ponía de malhumor. Extrañaba todo del verano, incluso las terrazas de los restaurantes llenas de mesas y los parques, aunque a veces era imposible encontrar un espacio vacío cuando hacía buen clima.

Tendría dos semanas sin clases durante el receso de julio en el instituto. Pidió en el restaurante que no la programaran y se compró un boleto a Iguazú para conocer las cataratas. Era la primera vez que viajaba con el pasaporte a nombre de Paulina y le costó ocultar la ansiedad en el aeropuerto; sin embargo, pudo pasar todos los controles y una vez llegó al avión sintió que la prueba estaba superada.

Se hospedó en un hostal, en una habitación compartida para seis mujeres. Jamás había estado en un alojamiento así, pero pensó que Paulina era ese tipo de viajera y decidió darse la oportunidad. Contrario a sus prejuicios, el lugar era bastante limpio y todo estaba bien organizado. Le asignaron el segundo piso de un camarote y un *locker* para que dejara su equipaje con candado. Los baños y las duchas eran compartidos y casi siempre tenía que esperar para usarlos. Allí mismo se sumó a una excursión para visitar las cataratas: un día por el lado argentino y el siguiente por el costado brasileño. Le advirtieron que estaría lloviendo y con mucho barro, por lo que debía llevar algo de abrigo, un impermeable y unas botas con buen agarre.

Salió en busca del impermeable y encontró que Puerto Iguazú era una ciudad mediana, con calles llenas de comercios tanto para atender a los miles de turistas que llegan a diario de todo el mundo, como para el intercambio con los otros dos países con los que comparte la frontera (Brasil y Paraguay), unidos donde el río Iguazú desemboca en el Paraná. La influencia de los vecinos se notaba en los rasgos físicos, los acentos y la comida, haciendo de la ciudad una gran mezcla de identidades, como ella.

Pidió una fugazzetta en un lugar que daba a la calle Córdoba. «¿Cómo es que los argentinos no han posicionado esta pizza doble rellena de queso y cubierta de cebolla como el mejor invento de su país?». Mientras comía en silencio, pensando en cuánto le gustaría a Paula esa dosis extra de calorías, se dio cuenta de que desde la mesa vecina la observaba un hombre que se le hacía familiar. «¿Será que me conoce?». Desistió del postre, pidió la cuenta y se fue directamente al hostal, mirando constantemente hacia atrás y pensando que alguien la estaba siguiendo. Las camas desordenadas con maquillaje, ropa o maletas encima le mostraron que ya al menos algunas de sus compañeras habían ocupado el espacio, solo una cama y la suya permanecían intactas. Se dio una ducha y cuando regresó a la habitación encontró a un grupo de cuatro chicas que se estaban cambiando para salir.

—Vamos al boliche, ¿te animás? —le dijo la chica que ocupaba la cama que estaba debajo de la suya—. Soy Flora, ellas son Leti, Agus y Andy.

Le dio curiosidad ir, pero temía encontrarse de nuevo al hombre del restaurante.

—Mucho gusto, Paulina —les dijo mientras pensaba en alguna excusa.

—¿Mexicana? —preguntó Agus—. Yo estuve en Cancún el año pasado.

—Sí, de Ciudad de México. Pero ahora vivo en Buenos Aires.

Sus compañeras de habitación eran menores que ella, tenían tal vez unos veinticinco años. Hablaban todas al tiempo mientras se maquillaban o se probaban diferentes opciones de ropa. El toque final lo daban sus sandalias de plataforma, posiblemente más del estilo de Andrea que del de Paulina. Finalmente se dejó convencer, «¿cuál es la probabilidad de que alguien de mi pasado esté aquí y me reconozca?». Seguramente se había equivocado.

Apenas pasaba de la medianoche, por lo que hicieron tiempo tomando unas cervezas en un bar en el que tuvo que sacar a relucir su buena memoria sobre la vida inventada de Paulina. Empezó por la parte fácil, esa en la que sus vidas eran iguales: «soltera, treinta y ocho años, diseñadora gráfica, amante de la pizza (en todas sus versiones), adicta a las comedias románticas». Luego vinieron las respuestas más ensayadas: «me vine para Argentina por un despecho amoroso y me quedaré por un año o algo así». Finalmente, las preguntas indiscretas que no le habían hecho antes y sobre las que tuvo que improvisar: «mejor sola con un buen juguete que acompañada con un mal polvo, me pinto el pelo casi blanco porque ya tengo muchas canas (sí ahí abajo también salen), no me he besado nunca con otra mujer».

Casi a las dos de la mañana caminaron hasta la discoteca donde había una pequeña fila para entrar. La música estaba animada y después de pedir algunos cocteles empezaron a bailar en grupo al lado de la mesa. Paulina llevaba un buen tiempo sin irse de fiesta y ya se imaginaba montándose en algunas horas al microbús de la excursión destrozada por la falta de sueño, pero se dejó llevar por el ambiente y, un trago tras otro, se fue animando. Flora sacó una pequeña caja metálica del bolso parecida a un estuche de dulces y le ofreció una pastilla a cada una.

—¿Qué es? —preguntó Paulina.

—Miau Miau, ¿probaste? —le respondió Flora al oído.

—No... creo que no...

—Intentá con la mitad entonces y bebé mucha agua. No te preocupés que solo te va a poner más alegre.

Paulina aceptó la pastilla y la guardó en el bolsillo. Media hora después vio que las demás chicas estaban un poco más eufóricas y decidió probar con un cuarto de la dosis. Bailaron hasta las cinco de la mañana, todos los ritmos, solas y acompañadas. Una vez llegaron al hostal, se dio una ducha y se acostó a dormir un rato, tenía algunas horas antes de salir hacia las cataratas. No supo si estaba teniendo sueños o alucinaciones, pero sentía calor, manos acariciándola, la humedad del placer y el olor del sexo. Eran demasiadas imágenes confusas, a tal punto que decidió salir de la cama antes de tiempo, darse una ducha para bajarse la temperatura y buscar algo de tomar cerca al hostal.

Todavía no llovía, pero el cielo estaba completamente gris. Encontró un lugar en el que anunciaban espresso con café molido. La bebida, hecha con granos provenientes de Brasil, era más suave que la que se tomaba en Colombia; aun así y a pesar de ponerle mucha azúcar le pareció tan amarga como siempre. Tenía muchísima sed, pero nada de hambre y dejó las medialunas sin probarlas. Después de dos cafés y de una buena provisión de agua, caminó de regreso al hostal para esperar la salida, justo antes de las primeras gotas.

En el minibús, además de sus compañeras de cuarto, iban otros tres chicos. Paulina se durmió durante el recorrido que duró media hora y antes de bajarse el guía les dio la explicación general del tour para no tener que hacerlo bajo la lluvia ni en el centro de visitantes que seguramente estaría lleno. Se pusieron los impermeables y caminaron rápido hacia el tren para ir directo a la Garganta del Diablo. Paulina no podía creer la cantidad de agua que pasaba por debajo de las pasarelas ni el ruido que provenía de la enorme catarata y que incrementaba mientras se acercaba. Al caminar por el circuito superior se sintió muy mareada y decidió esperar al resto del grupo en el estacionamiento.

De regreso, sus compañeras de habitación empezaron a planear irse de fiesta con los otros chicos del tour y algunos amigos que habían conocido en el hostal al final de la tarde, pero ella decidió quedarse y descansar. «A mi edad esto ya no es lo mismo». Las escuchó llegar de nuevo casi al amanecer, todavía con la euforia de la noche.

Salieron temprano hacia el lado brasileño y cuando el minibús paró en la frontera para hacer los trámites de migración se asustó pensando que detectarían su pasaporte falso. Al parecer solo hacían un chequeo general y le devolvieron sus documentos sin preguntas y sin sellos. Había dejado de llover, el río seguía muy caudaloso y el agua estaba más oscura que el día anterior. Ver las cataratas desde el otro lado era majestuoso y en el recorrido por las pasarelas había muchos más animales que en el lado argentino.

Esa noche regresó a Buenos Aires con nuevas amigas conectadas por redes sociales y la promesa de verse algún día. Apenas abrió la puerta de su apartamento y vio todo oscuro y solitario se puso a llorar por primera vez desde su llegada a Argentina. No sabía si el frío magnificaba la soledad, o viceversa, pero le dolía la vida por dentro y por fuera como en aquellos días después de la muerte de su papá. Estaba tan sola que no tenía a quién avisarle que había regresado, a quién contarle que los coatíes la habían asustado en las cataratas, a quién decirle que el vacío estaba creciendo otra vez y que cada día le costaba encontrar motivos para vivir. «Necesito un trago». No tenía licor y después de desempacar, darse una ducha, tomarse un té, cargar el correo electrónico para ver que nadie le escribía a Paulina y poner cualquier cosa en la televisión, abrió el buscador de Internet y escribió «miau miau droga» pero no quiso ver los resultados.

A la mañana siguiente fue al mercado e incluyó una botella de vino que estuvo anhelando todo el día sin importar lo que estuviera haciendo.

Meditación = pensar en la botella.

Aseo de la casa = mover la botella de lugar para poder limpiar.

Planear nuevas clases = observar la botella bajo diferentes luces.

Preparar la comida = buscar recetas para combinar con vino tinto.

Acostarse = soñar con el líquido bajando por su garganta.

Se despertó varias veces en la noche, con la ansiedad de saber que el vino estaba a pocos metros. Cuando se levantó escribió en un papel el número uno y se lo pegó a la botella antes de guardarla en el estante.

Solo tenía que resistir ocho días más antes de volver a clases y mantenerse sobria. Para entretenerse seleccionó algunas fotos del viaje a Iguazú y las subió a las redes sociales. El primer «Me gusta» fue el de Martín. «¡Ah!, ¿¡así que te gusto!?». Además de pensarlo, se lo escribió en un mensaje directo que no alcanzó a borrar cuando él respondió.

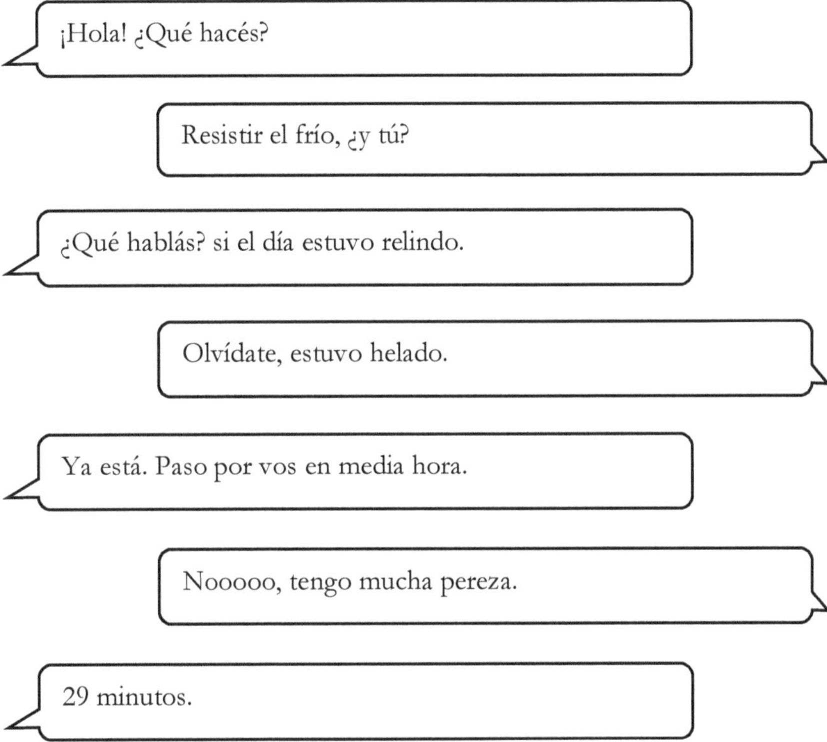

Se metió a la ducha mientras iba pensando qué ponerse. «¿Me depilo?». Llevaba meses sin acostarse con nadie. Hizo lo mejor que pudo en diez minutos, se puso un *jean* ajustado, una camiseta blanca para parecer casual, un suéter, botas y una chaqueta. Lo bueno de su corte de pelo era que solo tenía que pasarse los dedos y quedaba lista. Se puso rímel, rubor y labial. Se aplicó perfume en los puntos indispensables. «No tengo condones». Un mensaje en el celular le avisó que Martín estaba abajo esperándola.

—No te recordaba tan linda. ¡Mirá, vos! —le dijo antes de darle un beso en la mejilla.

—Exageras… no ha pasado tanto tiempo.

Eran un poco más de las seis de la tarde y ya estaba oscuro. Paulina lamentó no haber sacado un gorro y Martín reaccionó abrazándola mientras caminaban hacia su carro. Él manejó durante unos minutos sin hablarle hasta una calle solitaria y poco iluminada. «¿¡Me va a violar!?». Se veía bastante pensativo.

—Vamos a esa puerta de allá. No vas a creer el restaurante que hicieron —le dijo interrumpiendo sus pensamientos paranoicos mientras se estacionaba.

La puerta se abrió con un chillido y atravesaron un pasillo estrecho por el que Martín la llevaba de la mano. «¡¡Me va a violar!!». Después de subir unas escaleras metálicas se abrió ante ellos un espacio amplio con plantas, espejos, sillones de terciopelo rojo y luces tenues en lámparas de todos los estilos. Los condujeron hacia una mesa ubicada al lado de un pequeño escenario en el que había instrumentos y partituras. Martín conocía al mesero y le pidió algo al oído antes de que les llevara el menú.

Le hizo muchas preguntas sobre su viaje a Iguazú y le contó que ya no estaba trabajando en el restaurante, se iba a presentar para una beca en Italia y había extendido sus horas de práctica. Mientras hablaban el mesero les llevó una botella de vino tinto, panes y quesos. Paulina miraba la copa servida con ansiedad. «Un trago no me hará daño». Él se encargó de pedir la comida y cuando ya iban por la mitad de la segunda botella un grupo de músicos llegó para tocar algo de jazz. Llevaban un buen rato jugando con las manos sobre la mesa y acercándose para hablarse al oído cuando la banda estaba tocando.

—¿Vamos a mi casa? —le dijo Paulina sorprendida por sus propias palabras.

—Me matás… Tengo que madrugar mañana —respondió haciendo una señal para que les llevaran la cuenta.

Pagaron por mitades y la llevó a su apartamento sin darle ni siquiera un beso de despedida. Ella se fue directo a la botella de vino en el estante. «¡Pinche pendejo! Él se lo pierde». Se quitó la ropa y aunque tenía ganas de bailar desnuda en medio de la sala, hacía demasiado frío y se metió en la cama debajo de muchas cobijas. Un par de horas después seguía sin dormirse. Se puso una pijama abrigada, encendió el calentador y se terminó la botella de vino en el sofá. Mientras navegaba sin interés en las redes sociales vio un post de Flora afuera de una discoteca que quedaba en la Plaza Serrano. Le mandó un mensaje preguntándole si podía ir y a los pocos minutos estaba vistiéndose otra vez y pidiendo un taxi para unirse a la fiesta.

Flora estaba con un grupo de casi diez personas que la acogieron de inmediato. Paulina ya estaba algo mareada por el vino cuando aceptó una pastilla que le pasó uno de los chicos del grupo. No recordaba la última vez que se había sentido tan atractiva. Estaba rodeada de mujeres y hombres hermosos que bailaban provocativamente y se rozaban sin pudor, tocándose y besándose indistintamente. Sentía que todos querían con ella y que ella quería con todos. De la discoteca se fueron a la casa de uno de los chicos donde sin inhibición Paulina tuvo sexo con varias personas. Ya era de día y tenía una energía inagotable. Después de ver en su celular en dónde estaba, caminó hasta su apartamento. En la calle se sentía hermosa, sensual y observada. «Martín es un estúpido por rechazarme».

Cuando fue al baño para quitarse el maquillaje le pareció que la imagen en el espejo no correspondía con ella: una mujer pálida y ojerosa la miraba desde el otro lado con asombro. Tenía mucha sed, calor y poco sueño. Bailó sola un rato más hasta que quedó exhausta y se durmió en medio de la sala. El frío la despertó. Encendió el calentador, se arrastró hasta la cama y se durmió de nuevo. La sed la despertó. Se sirvió un vaso de agua y tuvo ganas de vomitar. La despertó el dolor en el cuello por la posición en la que se había quedado dormida, abrazada al sanitario. «¿Qué putas me tomé anoche?». Pensó que una ducha le podía ayudar y cuando se quitó la ropa se dio cuenta de que tenía moretones en diferentes partes del cuerpo. Las imágenes teniendo sexo con hombres y mujeres desconocidos llegaban y se iban como ráfagas sin permitirle crear una historia completa. Si todos estaban como ella seguramente no se habían cuidado. No temía quedar embarazada (había concluido que ya no era posible) pero le daba miedo contraer alguna enfermedad. Se puso la pijama, se preparó un té, tomó mucha agua y se quedó dormida de nuevo.

Encadenó uno tras otro los días que quedaban antes del inicio de clases yéndose de fiesta cada noche. Se sentía seducida por la música estridente, los cuerpos en movimiento, la falta de pudor, las pastillas, el sexo sin pasado ni futuro, la sensualidad, el calor a pesar del invierno. Durante el día mezclaba recuerdos con fantasías y anhelaba que llegara la medianoche para encontrarse con alguno de sus nuevos amigos que con cada encuentro se iban multiplicando. Había aprendido que su cuerpo reaccionaba mejor si no mezclaba licor con droga y si no había comido por lo menos un par de horas antes. La nueva Paulina le estaba gustando un poco más. «¿Qué tengo que perder? Una noche de fiesta y desaparece el mundo».

El primer día de clases estaba tan cansada que tuvo que tomarse una pastilla completa de Miau Miau antes de salir del apartamento. Aunque le ayudó a mantenerse despierta, le costó enfocarse y seguir las instrucciones de la directora del instituto. Al finalizar la reunión un compañero le preguntó si se sentía enferma porque sudaba y el día estaba bastante frío. Contaba los minutos para irse a su apartamento y buscar algún plan con sus nuevos amigos, pero todos estaban retomando las labores cotidianas y no encontró a nadie para salir hasta el fin de semana. La fiesta comenzó el viernes y se terminó el lunes en la madrugada. Ya no le regalaban las pastillas y para gastar menos empezó a molerlas y a aspirarlas, así lograba el mismo efecto con una cantidad menor.

El bajón cada vez era más difícil; empezó a sangrar por la nariz ocasionalmente y cuando podía dormir las pesadillas eran las peores de su vida, con imágenes en las que se repetía de diferentes maneras la muerte de sus padres o el aborto. Sin embargo, aunque a veces se asustaba pensando en los riesgos que estaba corriendo con el sexo casual, la ilusión del placer era más fuerte. Llegaba a clase justo a tiempo para empezar y salía lo antes posible para no tener que interactuar con otros compañeros o con los padres de familia. Después de un mes, la directora del instituto la estaba esperando y le pidió que la acompañara a su oficina en lugar de entrar al salón. Había recibido varias quejas, los estudiantes no estaban avanzando y al preguntarles qué pasaba algunos habían dicho que la profesora se sentaba a mirarlos durante toda la sesión sin ponerles ningún ejercicio.

Paulina escuchó sin prestar atención. Quería vomitar. Acariciaba en el bolsillo de la chaqueta una pequeña bolsa en la que podía sentir las pastillas trituradas, esperando a que la directora se callara cuanto antes para poder irse. Finalmente le extendió un documento que le pidió firmar para terminar su contrato.

De camino al apartamento unió algunos pensamientos sobre lo que había pasado: «¿No estaba dictando las clases? ¿Me despidieron? ¿Cómo voy a conseguir dinero para… para… para vivir?». El vacío que venía eludiendo con las drogas, la fiesta, los amigos y el sexo se convirtió en el hoyo negro que ya había conocido en el pasado. No sabía cómo salir. «Te necesito, Güera. Tengo que parar». Se preparó un té. Intentó meditar. Tomó mucha agua. Vomitó un líquido baboso que le quemó la garganta. El diminuto apartamento se hacía más pequeño. Le sangraban los dedos después por comerse las uñas. Bailó. Tiró las drogas por el sanitario. Lloró. Buscó en todos los rincones alguna pastilla. Lloró. Se sintió un poco más alerta. Tenía dinero para vivir durante algunos meses de manera austera, pero después de lo que había pasado no sería fácil conseguir otro trabajo. Y no podría comprar más drogas ni irse de fiesta. «¿Para qué vivir?». Le llegó un mensaje con la dirección en la que se encontrarían algunos conocidos esa noche y pensó que lo que necesitaba era olvidarse de lo triste que era su vida.

En la fila de la discoteca se cruzó con Martín. No lo había visto desde la noche en que salieron a comer.

—¡Martín, no pensé que fueras un histérico!

—¡¿Cómo?! —le preguntó él visiblemente sorprendido.

—¿Qué?

—Paulina, ¿estás bien? Casi ni te reconozco.

—¿Por qué?

—Vení, acompañame a comer algo antes de entrar.

Caminaron un par de cuadras y encontraron un puesto de choripán en un parque cercano. Él estaba asombrado de verla casi en los huesos. Se había envejecido en apenas algunas semanas y estaba tan desarreglada que tenía el maquillaje corrido y se notaba que había llorado. Pero lo peor era verla perdida: no hilaba bien la conversación, se quedaba callada en la mitad de las frases, respondía con monosílabos a preguntas que ameritaban respuestas más elaboradas. No quería comer y todo el tiempo miraba el reloj.

—¿Qué te pasa, nena? Decime.

—Nada.

—¡Ahí está! A las mujeres siempre les pasa algo.

Ella lo miró a los ojos por primera vez en la noche.

—Me asusté el otro día, perdoname. Sos relinda, inteligente y mayor que yo; me dio miedo meterme con vos... enamorarme… justo ahora que me voy a Italia… Ya está, ya lo dije. Mirá, Pau, me gustás y me da pena verte así. ¿Qué te pasa? —insistió tomándole las manos.

—¿Vamos a mi apartamento? —preguntó ella.

La abrazó todo el camino mientras los dos iban en silencio. El lugar estaba totalmente desordenado, lejos de la imagen que Martín tenía de Paulina. Ella puso a calentar agua en el fogón y empezó a recoger las cosas, todavía sin hablar. Él entendió que en ese momento necesitaba compañía y no un interlocutor, puso música tenue en su celular y le ayudó a acumular en la cocina los platos sucios que estaban regados por todo el apartamento. Sin preocuparse mucho por que él estuviera ahí, Paulina se limpió el maquillaje y se puso la pijama. Estaba realmente cansada y sentir la presencia de ese casi desconocido le trajo un poco de calma. Se acomodaron en silencio en el sofá, se tomaron un té de manzanilla, se abrigaron con una manta y se quedaron dormidos, abrazados, sin decir nada.

Paulina llevaba tantas noches sin dormir bien que cuando él se despertó un poco incómodo por la posición, ella no se dio cuenta. Martín la acomodó lo mejor que pudo y decidió que no podía dejarla sola. Desde el sillón la observaba como si fuera una niña indefensa. Verla tan vulnerable y a la vez con tanta paz lo hizo estremecer. Una canción se escribía en el piano mientras la miraba.

11

Martín había pasado por un proceso similar al de Paulina con uno de sus hermanos y por eso identificó las señales cuando la vio afuera de la discoteca. En la mañana llamó a su papá y le contó lo que estaba pasando y que su amiga no tenía a nadie que le ayudara. Rápidamente su familia organizó una red de apoyo para llevarle lo que necesitara y estar pendientes de su evolución. Cuando ella se despertó, casi al mediodía, encontró la casa organizada y a Martín preparando algo de comida.

—¿Dormiste bien? —le preguntó él.

—Sí… Gracias. Perdóname, no sé qué pasó ayer.

—Tranqui. Mirá, te hice una sopa que te va a caer de maravilla y un suero que te va a ayudar con la deshidratación, aunque sabe bastante mal.

Ella no sabía qué decir, pero tener a alguien que la cuidara se sentía muy bien. En las últimas semanas era poco lo que había comido y el estómago inicialmente agradeció el caldo de sabor suave y lleno de vegetales, pero a los pocos minutos salió corriendo al baño a vomitarlo.

—Sé que traés un quilombo, ¿te había pasado antes?

Con vergüenza ella esquivó su mirada.

—Contame, nena, no me voy a ir. Esto me lo conozco.

—¿Tú? —preguntó Paulina mirándolo de nuevo.

—No... pero mi hermano Tomás sí. Dejate ayudar, decime qué es.

Paulina le contó que había tenido problemas con el alcohol durante toda su vida y que unos años atrás había sido adicta a pastillas para dormir, para adelgazar, para la ansiedad y para la depresión.

—¿Y ahora qué te estás metiendo?

—Se llama Miau Miau. Empecé tomándome un cuarto de pastilla... y ahora aspiro una completa.

—¿Mefedrona?

Esa palabra la asustó. Nunca había querido investigar más y sonaba bastante fuerte. Él le preguntó cuánto tiempo llevaba tomándola, con qué frecuencia, qué tan alta era la pureza de las pastillas y qué sentía cuando no las tomaba.

—¿Confiás en mí?

La pregunta sobraba. Era la representación de todas las personas que habían sido buenas con ella en su vida entera; era la definición de hogar hecha hombre. Asintió intentando sonreír y él hizo una llamada en la que le resumió a alguien más lo que habían hablado.

—Mirá, hay buenas y malas noticias. Las buenas son que no llevás mucho tiempo y que todavía no te estabas inyectando. Las malas son que es una droga muy adictiva y salirse puede ser doloroso —le explicó después de colgar la llamada.

—¿Con quién hablabas?

—Con Tomás; ahora es terapeuta en Córdoba. Él va a ayudarnos.

Paulina sentía mucho miedo pensando en lo que venía, pero Martín parecía tener todo bajo control. Algunas horas después recibieron un domicilio con suplementos y vitaminas y empezaron un proceso de conocimiento mutuo que ella no esperaba.

—¿Qué te gusta de esa droga? —le preguntó un par de días después mientras veían una película aburrida.

—Me hace sentir... ¿amada?

Él apagó el televisor y la abrazó cariñosamente.

—Contame más de eso.

Era difícil mezclar verdades con mentiras. Él resultó ser muy hábil con las preguntas y ella muy mala con las respuestas.

—¿Seguro que eres músico y no psicólogo?

—Qué querés que te diga… Todos los argentinos nos creemos psicólogos. Ir a terapia es el tercer deporte nacional —respondió con una gran carcajada—; el primero, por supuesto, es el pato y el segundo, jugar al terapeuta.

El vómito volvía con frecuencia. Y el exceso de frío. Y las ganas de salir corriendo a comprar más pastillas. Él la contenía sin importar de qué se tratara.

—Te pareces a Paula —le dijo un día mientras él le insistía en que se tomara un brebaje de hierbas.

—¿A quién?

—A mi mejor amiga.

—¿Y dónde está? ¿Querés que la llame?

Paulina le contó que había huido de Colombia porque alguien estaba amenazando la vida de las personas más cercanas a ella.

—¿Pero no vivías en México?

Cada vez que se equivocaba en algún comentario iba develando más información.

La familia de él se encargaba de llevarles todo lo que necesitaban para que Martín no tuviera que dejarla sola, y como él temía que en algún ataque de ansiedad ella saliera a comprar las drogas o intentara hacerse daño, habían acordado que cuando alguno de los dos iba al baño, la puerta se quedaba abierta y el otro se sentaba afuera dándole la espalda. Paulina al principio le había asegurado que era innecesario, pero se descubrió creando estrategias para escaparse y por su propia cuenta le echó llave al apartamento y le entregó a él todas las copias.

Cocinaron, meditaron, cantaron, bailaron, rieron, lloraron, compusieron canciones, jugaron, dibujaron, leyeron, pintaron, y sobre todo hablaron. La principal sanación fue contarle su pasado. En algún momento del proceso empezaron a dormir tomados de las manos, a mirarse mientras se bañaban, a darse besos cariñosos. Ella sentía que nunca se había enamorado de una manera tan profunda, pero no lograba ver un futuro viable para los dos.

—¿Cuándo te vas para Italia? —le preguntó con miedo mientras él muy concentrado organizaba algunos documentos.

—No me voy, Flaca. No hice las pruebas.

—¿¡Cómo!? ¿Por qué?, ¿por mí?

—No, no por vos, por mí. No quiero dejarte.

Ella se puso a llorar, y era un llanto de gozo. Su vida había sido una constante zozobra en la que siempre alguien la abandonaba y ahora ese hombre que había conocido su lado más oscuro estaba dispuesto a quedarse con ella. Él la abrazó y se besaron de manera apasionada por primera vez en las semanas que llevaban viviendo juntos. Haber descubierto el amor sin involucrar el sexo fue una revelación para ella. Aunque lo había deseado desde el día del beso en el parque, en ese proceso de abrir su corazón la conexión espiritual era tan intensa que la necesidad de contacto físico había quedado a un lado.

Paulina tenía treinta y ocho años y Martín veintisiete. Después de haberse visto desnudos tantas veces se reconocieron por primera vez. Sin prisa, palpando cada espacio del cuerpo ajeno, observando las reacciones, sintiendo partes a las que no habían prestado atención nunca. Respirándose. Pasaron horas en el deleite de las caricias y aunque ambos anhelaban el encuentro de sus sexos, ella tenía miedo de haberse contagiado de alguna enfermedad en las fiestas *chemsex* y le pidió que esperaran a hacerse exámenes.

En todas esas semanas no habían salido a la calle. Bromeaban sobre un mundo en el que todos se quedan en casa para protegerse de alguna pandemia, soñando con ese universo formado solo por los dos en el que ella no tiene miedo de ser abandonada y él encuentra a alguien que valora todo lo que hace.

—¿No te cansarías de mí?

—Nunca. ¡Sos una diosa!

El invierno estaba terminando y la primavera empezaba a mostrarse. Los primeros pasos en la calle les hicieron olvidar todas sus intenciones de aislarse: ver las caras de los niños, escuchar los sonidos de la ciudad, sentir el viento en la cara, oler las flores que empezaban a abrirse, probar las delicias de las confiterías; a pesar de lo bien que la pasaban solos, la diversidad era el mejor alimento para los sentidos y se alegraron por estar juntos para compartir esos momentos.

Cuando llegó el cumpleaños de Lucía, la mamá de Martín, a él le pareció una buena excusa para que Paulina conociera a su familia. Organizaron un asado en su casa de campo en Tigre, ciudad al norte de Buenos Aires a orillas del río Luján, uno de los afluentes del enorme Paraná. Allí se mezclan majestuosamente la naturaleza agreste del estuario con una localidad tranquila llena de construcciones que evocan la bella época europea.

Le llevaron de regalo uno de los cuadros que ella hizo durante la desintoxicación porque, aunque insistió en que era poca cosa, él veía en sus pinturas un talento que estaba subutilizado dando clases de dibujo. Pensar en conocer a la familia de Martín la atemorizaba, en especial por la diferencia de edad y porque él había renunciado a su viaje a Italia por quedarse con ella. De hecho, él tuvo que insistir asegurándole que su familia no tenía esos prejuicios.

¿Cómo mostrarse? ¿Cuál debía ser la historia de su pasado? ¿Qué pensarían si supieran que mató a su mamá, que había fracasado en su matrimonio, que había puesto en riesgo la vida de sus mejores amigos o que era una adicta a las pastillas? «Vos sos adicta al amor, y te ha faltado mucho» era lo que él le decía cada vez que lo mencionaba.

La familia de Martín, efectivamente, resultó ser poco convencional. Antes de retirarse, su papá se había dedicado a la gastronomía; era el fundador de varios restaurantes exitosos y, aunque ya los había vendido, algunos todavía estaban entre los más famosos del país. Su mamá fue bailarina clásica cuando era soltera y después de tener hijos abrió una academia. Estar entre ellos era respirar arte. Cantaban, bailaban, tocaban instrumentos, escribían, pintaban… Inclusive en la forma de hablar y de tratarse entre ellos había poesía.

Cuando llegó el momento de brindar, ella prefirió abstenerse.

—Mirá que te entiendo, y hacés bien. Todos acá hemos sido adictos —le dijo Pedro, el papá de Martín, quien se acercó a hablarle mientras su novio ayudaba a repartir el pastel.

—¿Cómo?

—No me mirés así... No a las drogas como mi hijo Tomás, pero adicciones hay muchas, y aunque está bien que por ahora te alejés del vino, esa no es la solución. Nos volvemos adictos para llenar un vacío, y hasta que no sepás qué es y lo resolvás, algo aparecerá y vas a consumir otra vez.

—Veo que la vena de terapeuta es de familia —le respondió ella con una sonrisa tímida.

—Ché… ¿qué te puedo decir? —dijo él haciendo un gesto de orgullo—. Pero más allá de la broma, haceme caso… ese hueco que tenés no hay que llenarlo, hay que curarlo.

12

La mamá de Martín resultó ser una excelente promotora de los cuadros de Paulina. Aunque ella seguía sin darles valor, al vender todos los que había hecho en los últimos meses accedió a tomárselo en serio y a organizarse un poco más, por lo que se mudaron a un apartamento más amplio en el que ambos tenían espacio para desarrollar sus talentos. Nunca se había visto a sí misma como una artista, pero estando con Martín era imposible resistirse a la creación. A veces solo necesitaba escucharlo tocar guitarra para evocar imágenes con las que sentía la necesidad de pintar: no tenía una educación formal en las técnicas o las teorías, había aprendido por su cuenta y se dejaba llevar por el instinto. Experimentaba eligiendo los colores que en cada momento le parecían más apropiados, generalmente inspirada en la naturaleza. Sus primeros cuadros estaban llenos de luz y transmitía con ellos la sutileza de la vida.

Recorría sin prisa los parques de la ciudad tomando fotos de las texturas o haciendo bocetos de las formas. A veces se tendía en el pasto para escuchar el sonido de los pájaros o se quedaba por horas viendo el estuario del Río de la Plata, complementando lo que vivía con audios en los que se contaba a sí misma lo que estaba percibiendo. Sus sentidos estaban más despiertos que nunca y encontraba placer en todo lo que la rodeaba. La primavera era exuberante y ella también lo era.

La convivencia con Martín era relativamente sencilla si ella respetaba su espacio. Él podía concentrarse durante horas en su trabajo, componiendo o haciendo arreglos para sus clientes. A veces era imposible que saliera del estudio a comer y podía irse a dormir muy tarde para levantarse antes del amanecer. No le gustaba apegarse a un horario específico y eso frustraba a Paulina que necesitaba de su atención permanente para sentirse segura frente a lo que creaba. Cuando coincidían disfrutaban profundamente de compartir; él la escuchaba quejarse de todo lo que estaba haciendo mal como pintora y cuando sabía que ya se había despojado de todas sus dudas le mostraba sus avances con paciencia. Vivían el sexo con todos los sentidos, volviéndose arte en cada encuentro.

A pesar de la promesa de mantenerse alejada de sus amigos para protegerlos, empezó a seguir el embarazo de Paula a través de las redes sociales, contemplando de nuevo la idea de tener un hijo.

—¿Te gustaría ser padre? —le preguntó a Martín mientras cruzaban en ferry el Río de la Plata hacia Colonia del Sacramento.

Él se quedó en silencio sin saber cuál era la respuesta que ella esperaba. No se veía a sí mismo como padre y entendía que ella no podía tener hijos, por lo que nunca habían tenido esa conversación.

—¿A vos? —respondió devolviendo la pregunta.

—No lo sé. Siempre soñé con ser madre hasta que descubrí que no podía serlo y eso se convirtió en una frustración tan grande que no puedo ni explicarlo.

—¿Y qué pensás ahora?

—Creo que quería ser madre porque no crecí con mi mamá, como una forma de compensarme a mí misma. Ahora siento que quiero crear vida contigo.

Él se quedó pensativo. No quería alentar en ella un anhelo con el que no se identificaba, ni lastimarla trayendo recuerdos para los que tal vez no estaba preparada.

—No me malinterpretes —continúo Paulina—, no creo que mi vida esté incompleta como sí lo pensaba antes. Pero si tú quisieras, podríamos asesorarnos e intentarlo.

No hubo una respuesta y, aunque para ella no era necesaria, él se quedó intranquilo pensando que se abría una pequeña grieta que podía ser peligrosa. El resto del paseo a Colonia estuvo marcado para Martín por esa conversación sobre la que daba vueltas sin saber cuál era el camino correcto, mientras que Paulina se extasiaba con las calles empedradas, las construcciones del barrio histórico, la riqueza de las artesanías y el cambio de acento entre argentinos y uruguayos que a simple vista pasaba desapercibido.

Cuando nació la bebé de Paula, Paulina lloró desde que vio la primera foto de sus amigos cargando a esa niña que llevaba su nombre. «Ojalá pudiera abrazarte, Güera». Martín no sabía cómo ayudarla. Después de pasar varios meses en los que todo marchaba bien, en los que ella parecía haberse encontrado con su talento, con su balance, ahora la veía taciturna y retraída, y eso, además de afectar su relación, estaba impactando el trabajo de ambos.

—¿Y si los llamás? —le preguntó el día de Navidad mientras iban hacia la casa de sus padres.

—No puedo, es muy peligroso.

—Ha pasado casi un año. Se alegrarán al escucharte.

La celebración navideña era muy parecida a la de México y Colombia. Al momento de entregar los regalos, su suegra le dio un pequeño paquete que ella rompió en frente de todos para descubrir unas tangas color rosa. Se sintió muy avergonzada por el regalo tan íntimo hasta que vio que todas las mujeres de la fiesta recibían un obsequio similar que se usaba como amuleto de buena suerte.

—Veo que ya no le temés a la sidra —le dijo Pedro en voz baja mientras chocaba su copa con la de ella en señal de brindis.

—Intento seguir tu consejo.

—¿Y cómo va la cosa?

—Pensé que ya empezaba a formarse una cicatriz, pero en estos días la herida parece que quiere abrirse —confesó ella con tristeza.

—Es normal por estas fechas, todos nos ponemos un poco melancólicos. Yo, por ejemplo, veinticinco años después todavía lloro pensando en mi hermano muerto.

—Por los que ya no están —dijo ella levantando su copa.

Los siguientes días fueron difíciles para Paulina. Las pesadillas regresaron y el calor le parecía cada vez más insoportable. Martín intentaba llevarla de la mejor manera, pero ella se desquitaba con él contradiciéndolo y armando una pelea por cualquier motivo. Tuvieron una discusión con respecto a la celebración de Año Nuevo: él quería irse a Puerto Madero con los amigos de la banda en la que tocaba y ella quería que pasaran la noche con su familia. No quería dejarla sola, pero estaba cansado de medir todas sus palabras para evitar lastimarla; en las últimas semanas se había vuelto agotador vivir con ella.

—No entiendo esta discusión. Deberías ser vos la que me pida que no pasemos tanto tiempo con mis viejos.

—¡Pero son tu familia!

—¡No me digás!, casi ni me entero... ¡Si los he sufrido toda la puta vida!

—No tienes idea de lo que dices, Martín; ya quisiera yo tener una familia.

—Esa obsesión tuya me hincha las pelotas. Hacé lo que querás, yo me voy con mis amigos.

En cuanto salió del apartamento llamó a su papá y le contó lo que había pasado para que la invitara a pasar la noche con ellos. Paulina se sintió humillada por las palabras de Martín y más aún cuando su suegro la llamó para preguntarle si la recogía. «¿Acaso cree que no tengo una vida propia?». Después de pensarlo se puso a llorar. «Pues… ¡es cierto! No tengo una vida propia. Tengo retazos de tres vidas y ninguna de ellas soy realmente yo». Abrió una cuenta de correo con el nombre de su banda favorita sabiendo que Paula reconocería de inmediato al remitente y le escribió: «Feliz año nuevo, Güera. Estoy feliz por ti y por Camilo, son los mejores padres que cualquiera podría tener. Te extraño cada día de mi vida y te quiero con todo mi corazón. Estoy bien, no te preocupes por mí.»

Cuando Martín regresó casi al amanecer, la encontró dormida en el sofá. La vio tan tranquila que se imaginó lo peor. La sacudió suavemente y ella se despertó un poco confundida.

—Feliz año nuevo, amor —le dijo aliviado al verla despierta y le dio un beso.

Caminaron juntos hasta la cama y se durmieron abrazados. Esa noche Paulina había entendido que estaba descargando en Martín su frustración por tantos temas inconclusos. Él era un gran hombre. El mejor con el que había compartido su vida. El primero al que se había abierto de manera genuina. El que le había mostrado que detrás de su talento como diseñadora se escondía una artista a la que nunca le había dado espacio. Sin embargo, sabía que debía responsabilizarse de su propia vida, encontrar su camino y no que cada problema se lo resolviera alguien más: su papá, Paula, Diego, Martín; y en especial (como le había dicho Pedro) sanar tanto dolor que había acumulado durante años y al que solo le había echado tierra encima.

Comenzó el año muy pensativa, intentando descubrir si estaba enamorada de Martín o si lo veía como su tabla de salvación. Entender los sentimientos no era su fuerte: antes de casarse había saltado de un hombre a otro cuando ya se sentía aburrida con el anterior o cuando la relación se ponía difícil. Después de Ricardo, tanto Diego como Martín habían aparecido cuando necesitaba quién la protegiera o la rescatara. «¿Realmente me he enamorado alguna vez?». Le parecía triste hacerse esa pregunta a su edad, pero era más triste seguir viviendo sin detenerse a pensarlo.

Me gusta estar con él ✓

Sabe la verdad de mi pasado y la acepta ✓

Soy feliz con su felicidad (y él con la mía) ✓

Nos respetamos ✓

¡El sexo! ✓

Me apoya en mis proyectos ✓

Compartimos muchas cosas en común ✓

Peleamos... pero nos reconciliamos siempre ✓

Lo admiro ✓

Todos los aspectos que consideraba importantes en una relación parecían estar cubiertos, pero le costaba imaginarse el futuro con él. Aunque ya llevaba un año en Buenos Aires todavía sentía que Paulina era una caracterización, no su vida real, y que Martín estaba enamorado de esa actuación.

—¿Tú me amas?

—¿Cómo?

—Eso… ¿Estás enamorado de mí?

—¿Por qué lo preguntás?

—Ya te conozco lo suficiente como para darme cuenta cuando evades una pregunta con otra. Estás enamorado de mí, ¿sí o no?

Él suspiró antes de responderle para evitar una pelea.

—No, nena, no es eso. Es que me parece reloco que me preguntés eso cuando sabés que te amo. ¿Por qué preguntás?

—Porque he venido pensando… que tal vez estás enamorado de Paulina. Pero yo no soy Paulina, no importa que me cambie el nombre o el pelo o la ropa o que intente tener otras costumbres, yo soy Andrea.

—Mirá, Morocha, vos sos vos. Eso que decís es… es como maquillaje, ¿sabés? Como cuando te pintás un montón para ir a una fiesta y obvio que te ves como una diosa, pero cuando llegamos y te lo quitás seguís siendo mi diosa. Y si te llamás Valentina, Carolina o María, eso no cambia nada. Vos sos vos.

—Es que yo… estoy cansada de sentir que estoy fingiendo.

Martín la abrazó para consolarla.

—No tenés que fingir nada, ¿lo sabés?

Ella lo miró con vergüenza e incredulidad.

—Cambiate el nombre otra vez y dejate crecer el pelo. Vas a ver que seguís siendo la misma. Es más, vamos a hacer una fiesta por tu cumpleaños, no falta mucho.

Además de que le parecía peligroso, cambiarse el nombre no era práctico, pero decidió relajarse y elegir lo que realmente sentía propio. Al cabo de unas semanas se dio cuenta de que Martín tenía razón: los supuestos hábitos de Paulina que ella se esforzaba por mantener realmente no los notaba nadie y todo lo que le resultaba natural, como pintar, era auténtico. «Detrás de mi nombre… estoy yo».

—¿Querés una parrillada para tu cumple? —le preguntó Martín cuando faltaban unos días.

—Creo que me gustaría más una fiesta mexicana, ¿qué opinas?

—Vale, pero vas a tener que ayudarme entonces.

Invitaron a sus suegros y a los amigos cercanos. Ella pensó que tenía que explicar por qué su cumpleaños no era en junio, pero a nadie le importó. Les contó que nació en Colombia, que creció en México con su papá y que estuvo casada. Parecía que la vida era más sencilla cuando no tenía que pensar tanto en qué cara mostrar (aunque Martín ya les había advertido a todos lo que estaba pasando y se habían puesto de acuerdo para llevar la situación de la forma más natural posible).

—¿Sabés que te amo? —le preguntó él cuando todos se habían ido.

—Sí. Y yo a ti.

Antes de dormir vio que Paula había subido a sus redes una foto de las dos en la que le dejaba un mensaje de cumpleaños. Estaba tan emocionada que se la mostró a Martín.

—También te ves linda con el pelo largo.

13

Martín llevaba varias semanas pensando en cómo conectar a su novia con sus amigos en Colombia y, cuando ella le mostró la foto de Paula el día de su cumpleaños, se aseguró de aprenderse el nombre de la cuenta para contactarla. Debía estar seguro de que no hubiera riesgo para nadie y esperó algunos días en los que revisó constantemente sus publicaciones antes de decidir qué hacer.

El otoño había sido bueno para la obra de Paulina y organizaron una exposición en una pequeña galería en Recoleta, propiedad de unos amigos de Lucía. Cuando salió la nota de prensa le pareció una buena excusa para contactar a Paula y le escribió un mensaje.

> Hola, perdoná que te escriba. No me conocés pero yo a vos sí. Tenemos una amiga en común (bueno es más que una amiga... para los dos). Sé que te dará gusto saber de su vida. Avisame si pensás que está bien (ella no sabe que te estoy escribiendo).

Paula supo de inmediato que le hablaba de Andrea. El hombre que le escribía tenía el perfil privado y no pudo ver su información, pero entendió sin mayor explicación que su amiga tenía miedo de ponerlos en riesgo. ¿Había algún riesgo? Camilo y ella pensaban que las amenazas eran cosa del pasado. La habían buscado durante meses, inclusive habían viajado a Perú antes de saber del embarazo para seguirle los pasos, pero las pistas se habían diluido cuando su amiga cruzó el Titicaca. Ella no había perdido la esperanza ni un solo día y el mensaje que recibió en Año Nuevo la mantenía alerta ante cualquier señal.

¡Sí, por favor! No hay ningún riesgo. Dile que la extraño y quiero saber de ella.

Ella no sabe que te contacté, pero mirá esto.

El enlace adjunto llevaba a una página web en la que hablaban de una exposición de pintura. Paula tuvo que leerla varias veces para entender. «Pintora mexicana presenta su obra por primera vez en Buenos Aires». Una vez comprendió el artículo estaba feliz hasta las lágrimas. Su amiga no solo estaba viva, era exitosa y tenía a alguien a su lado.

—¡Tenemos que ir a verla! —le dijo a Camilo cuando llegó del trabajo.

—¿No sería mejor contactarla primero? ¿Qué tal que se enoje?

—Justamente, tenemos que ir de sorpresa. Si se entera que vamos podría huir otra vez.

Él no estaba tan entusiasmado. Organizar un viaje así para los tres no sería fácil, la bebé aún estaba muy pequeña y temía que Paula sufriera la frustración de viajar hasta Argentina y no poder ver a Andrea. Su esposa apenas se estaba recuperando de todo el dolor que habían vivido cuando ella desapareció y del fracaso de haberle perdido el rastro. Después de exponerle su opinión y de discutir las opciones, llegaron a la conclusión de que no podían viajar antes de que se terminara la exposición.

¡Estoy muy feliz y orgullosa! Por favor, dile que me escriba, estamos seguros de que no hay ningún riesgo.

Cruzaron otros mensajes en los que él le contó brevemente sobre la vida de su novia en Argentina y lo mucho que hablaba de ellos, y ante la insistencia de Paula le compartió algunas fotografías.

La exposición fue muy bien recibida y superó completamente las expectativas de Paulina, que seguía sin ver en sus cuadros todos los adjetivos que escuchaba: honesta, transparente, conectada, profunda. Aunque se veía a sí misma como una impostora, no por llevar un nombre que no era el suyo sino por presentarse como artista, pintar la hacía sentir más viva que nunca.

Con el invierno se puso más reflexiva, sentía la necesidad de quedarse en casa, de resguardarse, de ir hacia adentro. Empezó a explorar otras temáticas, dejando de lado las imágenes de la naturaleza que habían ocupado su obra desde que empezó, para dedicarse a plasmar su propia historia. Cuando terminó la primera serie pudo ver elementos recurrentes en sus trazos: figuras humanoides como las siluetas que usa la Policía en las películas para representar a los muertos, hoyos negros en donde deberían estar el corazón o los genitales y rostros desgarrados que no revelaban ninguna identidad.

El arte se convirtió en meditación, autoconocimiento, terapia y sanación. Empezó a entender la conexión que tenía Martín con la música cuando ella misma no podía parar de pintar. Seguía haciendo excursiones en la naturaleza, pero interesándose más por lo que producían en ella que por lo que percibía, convirtiendo los bocetos, las fotografías y los audios en reflexiones de vida. Fue así como halló emociones en las que no se había detenido antes: el amor desbordado que sentía por las caricias de su mamá, la angustia cuando se fue para México, el rechazo hacia Javier durante los primeros años juntos, la necesidad de encajar en la universidad, la ansiedad con la que vivió el sexo como una herramienta de manipulación, la soledad en cada una de las relaciones que había tenido antes.

Seleccionaba algún recuerdo que le causara dolor, sin importar si era algo trascendental o aparentemente insignificante: «Cuando cumplí diez años me empezaron a crecer los senos y me daba mucha pena con mis amigos». Luego se concentraba en los detalles sensoriales. Después pasaba a los sentimientos. A veces podía pintar fácilmente, como si las pinceladas salieran de esa versión de sí misma que vivió la escena; otras veces el proceso era más lento y necesitaba ir más profundo: «Los primeros años que viví con mi papá en México lo rechazaba todo el tiempo». Sin importar qué tan intenso era el trauma, una vez puesto sobre el lienzo ya no le pertenecía y no tenía que seguir cargando con esa herida. Cada vez que abría una puerta hacia su pasado, encontraba emociones tan fuertes que quedaba exhausta por varios días.

Su reputación empezó a crecer y le daba miedo que alguien de su vida anterior pudiera reconocerla. Martín insistía en que sus temores no tenían fundamento, pero ella se imaginaba que las amenazas la perseguían y que ponía en riesgo la vida de él, la de su familia o la de sus amigos.

—Esta entrevista es importante para vos, son pocos los nuevos pintores que salen en esa revista —le dijo cuando la vio dudando sobre un correo electrónico que había recibido.

—Lo sé, amor, pero me dijeron que también saldrá en Internet y cualquiera podría encontrarme.

—¿Y cómo van a encontrarte si no saben tu nombre?

—Pero si llegan a ver mi foto… podrían reconocerme.

—¿Y cuál es la probabilidad de que eso pase?

Accedió a hacer esa entrevista y todas las que siguieron, siempre que no publicaran fotografías suyas. Podían incluir imágenes de sus cuadros o inclusive alguna de ella de espaldas o de medio lado, pero nunca alguna en la que se viera su cara.

En la medida en que crecía su producción artística, también se expandía su círculo de clientes y se convirtió en una pequeña celebridad local, por cierto, bastante enigmática al no haber fotografías de ella. Aunque los periodistas intentaban tener conversaciones cada vez más íntimas era hermética con la información que consideraba parte de su vida privada, pero a veces era difícil explicar su arte sin hacer referencias al pasado.

Llegó el momento de reflexionar sobre su aborto. Un dilema la asaltaba cuando pensaba en lo que sería su vida de haber tenido un hijo con Ricardo: la alegría de ser madre, el vacío del matrimonio. «Qué equivocada estaba pensando en el prototipo de familia perfecta». Pasó varias semanas sin pintar, pero teniendo muchos sueños que recordaba con detalle al despertarse. Siempre había niños en ellos, jugando a su alrededor, caminando con ella de la mano, llamándola mamá, llenándola de besos. Al levantarse se daba cuenta de que no se sentía triste ni vacía.

—¿Por qué estaré soñando tanto con niños? —le preguntó a Martín cuando ya llevaba varios días así.

—Será porque estás obsesionada.

—No, no es eso… ¿A ti te gustaría ser padre?

—Mirá, Pau, honestamente ser padre de un niño no me interesa —le respondió él intentando medir sus palabras para no lastimarla con ese tema que sabía que era delicado.

—¿A qué te refieres?

—Para mí el mundo ya tiene demasiados humanos, yo no voy a poner más.

—¿Pero por qué lo dijiste así: «ser padre de un niño»?

—Bueno, pues porque yo pienso que soy padre; tengo mil hijos regados por ahí en todas mis canciones. Eso es lo que siento cuando compongo, que estoy creando vida con lo que hago y, que al igual que un niño, una vez sale de mí empieza su historia. ¿Has visto qué distinta es una canción cuando yo la escribo, cuando la graba el artista o cuando la tararea una persona cualquiera?

Las palabras de Martín hicieron sentido de manera inmediata. Sus pinturas eran sus hijos. Si bien no se transformaban como las canciones, le impresionaba cómo cada persona que las veía se percataba de algún detalle diferente o le daba una interpretación que ella no se había imaginado. Sus hijos no humanos eran su legado para el mundo y en sueños se lo estaban diciendo. Pintó sin descanso los días siguientes, perdonándose por el aborto y sintiéndose una buena madre que podía seguir procreando.

Paula seguía de cerca la carrera de su amiga y se emocionaba cada vez que Martín le compartía algún artículo. Anhelaba ir a Argentina para verla, pero nunca parecía ser el momento apropiado: Camilo tenía un nuevo trabajo y no era oportuno tomar días libres, la bebé sufría de problemas respiratorios y no se recomendaba un viaje en avión tan largo, ella no podía ir sola y dejar a la niña…

¿Qué tal si le propones a Andre que vengan a Colombia?

¡Pará, que se lo dije alguna vez y me armó un quilombo que no se me olvida nunca!

¿Y si le escribo yo?

¿Vos querés que me mate? Mirá que no me conocés pero soy un buen pibe.

Era frustrante que ninguno de los dos la apoyara en su idea, necesitaba encontrar algún camino para conectarse con su amiga de nuevo, sin asustarla, haciéndole entender que no había riesgo. Sus publicaciones en las redes sociales parecían ser el único medio para enviarle mensajes y se propuso compartir algo cada semana que pudiera conectarlas.

Al mejor estilo de los mensajes en clave que se mandaban cuando eran adolescentes para que sus papás no las descubrieran, el texto de cada fotografía que subía Paula incluía algunas señales que solamente su amiga podría entender. Armar una frase completa implicaba hacer varias publicaciones porque en cada una iba una palabra, pero sabía que lo importante era que recibiera el mensaje, sin importar el tiempo que se demorara: «me alegra que estés bien te extraño no hay riesgos contáctame quiero verte».

Cuando Paulina descubrió el patrón del mensaje ya habían pasado varias semanas. Con ansiedad se devolvió en las fotos para construir la frase y esperaba cada miércoles a que su amiga hiciera una publicación.

«¿Qué hago? ¿En realidad es seguro?». Compartió el mensaje con Martín para tener una segunda opinión. En su corazón anhelaba volver a ver a su amiga, conocer a esa pequeña que tenía su nombre, compartirle todo lo que había vivido en esos meses en Argentina, en especial hablarle de la pintura, de cómo el arte se había convertido en la sanación que necesitaba encontrar.

A Martín le pareció muy ingenioso el método y una excelente forma para no tener que contarle a su novia que ya él había contactado a su amiga. Después de pensarlo un par de días, Paulina creó un perfil exclusivamente para comunicarse con Paula.

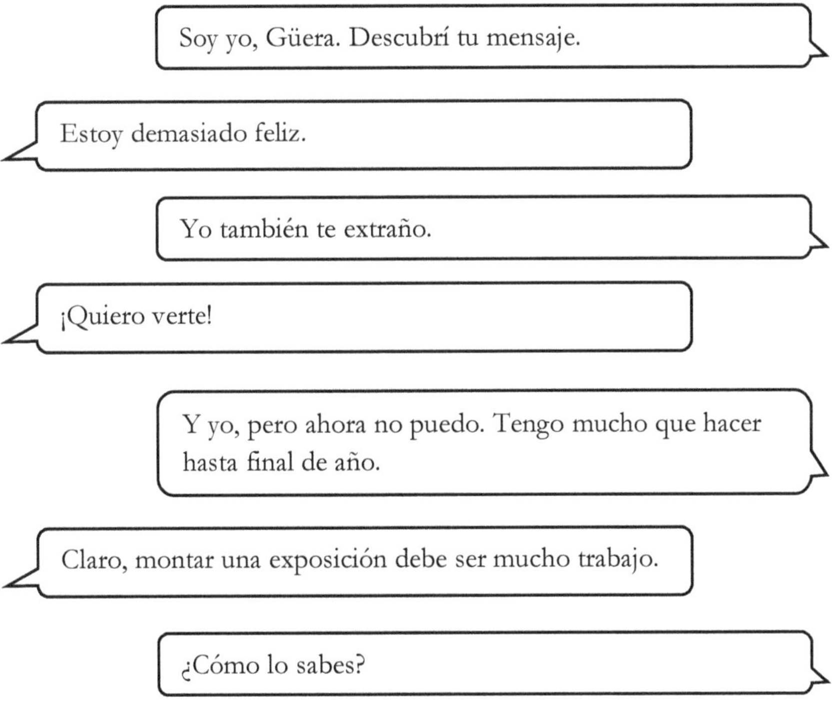

Paula se dio cuenta de su indiscreción. Estaba tan emocionada que no había medido sus palabras. Paulina se asustó y borró el perfil de inmediato. Tenía miedo de que alguien estuviera detrás de la conversación y de que ya supiera quién era y dónde estaba. Se arrepintió de haberla contactado. «¿Cuánto tiempo me queda?». Martín se había ido de viaje a Punta del Este con algunos amigos, necesitaba advertirle que corría peligro sin despertar sospechas. Se compró una línea de celular nueva y lo llamó varias veces, pero no le contestó. No era prudente enviarle algún mensaje escrito, seguramente la estaban rastreando.

Paulina empacó algo de ropa, le escribió una carta a Martín que escondió debajo de la almohada, fue al banco y retiró todo el dinero que tenía, canceló su teléfono y tomó un bus hacia Santiago de Chile. Antes de irse del apartamento decidió que usaría el pasaporte de Andrea ya que había entrado con él a Argentina. Todos los documentos de Paulina los quemó para no dejar rastro.

El recorrido de casi un día hasta la capital chilena fue muy doloroso. Cuando la vida parecía acomodarse, un descuido muy tonto la obligaba a huir de nuevo. Lloró incontables veces en el trayecto. Pensaba en Martín y en la bonita relación que habían construido. En su carrera como pintora. En los amigos que de nuevo dejaba atrás. Tenía tanto miedo de que algo malo les pudiera pasar a todas esas personas que no podía pensar con claridad qué iba a hacer. El próximo paso: llegar a Chile.

14

Hay muchas formas de vivir con miedo y Andrea había experimentado varias de ellas. Esconderse cuando vivía en Medellín y su papá llegaba borracho. Hacerse daño comiéndose las uñas para que ese dolor reemplazara el sufrimiento por estar lejos de su mamá. Fingir un acento que no era el suyo buscando ser aceptada en la escuela. Dejarse tocar por los compañeros del colegio para que la invitaran a las fiestas. Coquetear con los profesores de la universidad cuando no se había esforzado lo suficiente. Simular que disfrutaba el sexo con hombres de quienes solo esperaba un poco de amor. Culparse de la muerte de su papá como si ella hubiera causado el choque. Doblegarse ante Ricardo para que no la abandonara. Huir para proteger a sus amigos cuando las amenazas estaban subiendo de nivel. Drogarse para sentir la ilusión de que cualquier desconocido era una buena compañía.

Después de pasar tres días encerrada en un hotel del centro de Santiago empezó a sentir un deseo enorme de acabar con todo. Hay muchas formas de vivir con miedo, pero el miedo no es una forma de vivir. Repasó todas las teorías en su cabeza. Hizo listas de las personas a las que había conocido recientemente y cómo podían enlazarla con su pasado en Colombia. Buscó cualquier huella en Internet que pudiera usarse para llegar a ella. No lograba entender qué había ocurrido. «¿En qué momento perdí el control de la situación?». Sentada en la cama pensaba en las botellitas de *whisky*, vodka y tequila del minibar. No podía empezar de cero otra vez, estaba demasiado cansada. No podía regresar a Argentina y poner en riesgo a Martín; era el hombre más bueno que había conocido. No podía volver a Colombia y exponerse a que su nombre quedara escrito en un sufragio de verdad. No podía irse a México donde ya no le quedaba nada.

Lo que más miedo le daba era pensar que alguien había manipulado a Paula para llegar hasta ella. Era imposible que cualquiera supiera su código para enviarse mensajes y su amiga no se habría prestado para algo así a menos que su vida o la de su familia estuviera en peligro. «¿La están amenazando?». Imaginar que aun en la distancia la ponía en peligro la atormentaba profundamente. Pidió la cena a la habitación con una copa de vino. En el restaurante le recomendaron un Syrah del Valle del Maipo y por equivocación llevaron una botella completa. Andrea no pudo resistir la tentación de aceptarla. Después de la tercera copa le dieron ganas de salir a conocer un poco. Un directorio turístico que había en el escritorio de la habitación recomendaba principalmente cerros, parques, museos e iglesias, pero en la sección final una reseña a la zona llamada Constitución, en el barrio Bellavista, prometía un buen ambiente de fiesta y los pisco sours más famosos de la ciudad. En la recepción del hotel le dieron algunas indicaciones y antes de la medianoche ya estaba en la discoteca recomendada.

La Feria era un enorme club de música electrónica en el que las luces láser dibujaban figuras geométricas en el techo a varios metros de altura. Se sintió un poco mayor para estar ahí pero rápidamente se dejó contagiar de la energía de la gente y quiso desconectarse de todas las preocupaciones que cargaba. «Una noche para no pensar». Pidió un vodka en el bar y mientras le servían el hombre que estaba a su lado esperando una piscola le habló. Fue difícil entenderlo, la música sonaba muy fuerte y acortaba las palabras más de lo normal. Se unió a él y a su grupo, todos rondaban los treinta años y eran hermosos, especialmente las mujeres con sus cuerpos perfectos, bien maquilladas y peinadas. La pasó muy bien, era exactamente lo que necesitaba para liberar todo el dolor que venía acumulando. Casi a las tres de la mañana, cuando les dijo que se iba, Agustín le preguntó si quería ir a su casa.

Un rato después, ahí estaba. En un apartamento amplio y bien decorado, aunque impersonal. Él le ofreció algunos bocados que tenía ya preparados en la nevera. Desde la sala lo miraba servir bebidas y organizar los platos. La conversación era animada y Agustín bastante simpático, aunque tenía que repetirle casi todo lo que decía o explicarle con otras palabras los términos chilenos que para ella no significaban nada. Mientras se besaban por primera vez pensó en la tontería que estaba haciendo. Hacía menos de una semana había estado con Martín, de quien seguía completamente enamorada y con el que quería compartir hasta la muerte. «¿Mi vida solo tiene valor si hay un hombre a mi lado? ¿Necesito un pene entre las piernas para llenar este vacío?».

—Lo siento, tengo que irme —le dijo apresurándose a recoger sus cosas.

—¡Ven, po, no seas fome! —le respondió Agustín halándola otra vez hacia el sofá.

Se disculpó de nuevo y salió antes de que lograra convencerla. Su hotel estaba a cuarenta minutos caminando. Las calles solitarias de la ciudad le parecieron un poco intimidantes al principio, pero después de unas cuadras se relajó e intentó poner sus pensamientos en orden. «No puedo vivir con miedo». La idea de morir le parecía seductora, ya había expuesto a quienes amaba al duelo cuando había desaparecido de Colombia y luego de Argentina: no había diferencia si ahora dejaba de existir para siempre.

Pensó en buscar una solución que no fuera dolorosa, tal vez algunas pastillas que la durmieran lentamente. Si aparecía muerta en alguna calle de Santiago sin documentos posiblemente no tendrían cómo identificarla y terminaría en una fosa común. Fin de la historia. Fin del dolor. Fin del miedo. Esa esquina por la que iba pasando, en la que se cruzaban las calles Eliodoro Yañez y Matilde Salamanca, podría ser un buen lugar; los arbustos servirían para que no la encontraran hasta que las pastillas hicieran efecto. «No, hay un jardín de niños en el otro andén, sería muy cruel crecer con ese recuerdo». En el cruce con Román Díaz vio otro sitio que podía servirle, pero pasaron algunas ambulancias y se dio cuenta de que había un hospital en el sector. «Que me revivan en la mitad del proceso sería lo peor que podría pasar». Algunos minutos después analizó las opciones en el Parque Balmaceda, pero lo descartó por estar muy cerca del hotel. «Eso aumenta las probabilidades de que me identifiquen».

Aún era de noche cuando subió a la habitación. Decidió seguir pensando en las posibilidades sentada en el balcón que daba hacia el Parque Forestal. El día empezó a aclarar a su derecha. Algunas personas salían a correr con los primeros rayos de sol. Mientras que para la mayoría de la gente la muerte era algo lejano que les pasaba a los abuelos cuando llegaba su hora, ella la había tenido muy cerca desde niña. Tal vez era el momento de aceptarla y dejar de escapar. Todas esas veces en las que alguien cercano había fallecido ella había terminado huyendo.

Recordó a su mamá en el charco de sangre, esa imagen que durante tantos años se había borrado de su mente hasta el día que leyó la nota de prensa en Medellín. Era la única escena de su pasado sobre la que no había podido pintar. ¿Por qué? Tantos intentos de perdonarse por ese accidente y algo todavía no estaba resuelto. «Seguramente porque estabas muy pequeña» le había dicho Martín cuando hablaron sobre el tema, pero ella seguía pensando que había alguna pieza por descubrir, ese dolor tan profundo no tenía sentido.

La calle empezó a llenarse de peatones. Niños y jóvenes rumbo al colegio. Empleados dirigiéndose al trabajo. El día empezaba de nuevo. Andrea debía tomar una decisión pronto, no podía permanecer en Chile indefinidamente y menos en ese hotel que había elegido. Como turista podía quedarse máximo tres meses. La tasa de cambio no la favorecía. Se dio una ducha y bajó a tomar el desayuno sin haber dormido. Mientras saboreaba el té pensó que ver el amanecer había sido un milagro: era algo cotidiano, pero nada trivial. «¿Cuántas vidas se apagaron durante la noche? ¿Cuántas empezaron con el día?».

Su hotel quedaba a un par de cuadras del Museo Nacional de Bellas Artes. Sin afán se dejó llevar por la historia del arte de Chile, perdiéndose en la fascinación con la obra de Onofre Jarpa cuyas pinturas veía por primera vez en persona: pasó horas analizando los detalles con los que había plasmado sobre el lienzo las montañas de los Andes. Algo se había transformado en su manera de ver el mundo desde que se había reconocido como artista. No lo había entendido hasta ese día en el que se conectó con cada pieza del museo. La energía que seguía viviendo como legado de tantos pintores talentosos le gritaba que su propio arte no debía morir. «¿Cómo conciliar el deseo de morir con el placer de crear?».

Después de cenar se quedó despierta un rato más buscando tiquetes para viajar lo antes posible a Colombia.

15

Cuando aterrizó en Medellín supo que estaba haciendo lo correcto. Paula y Camilo estaban viviendo en Bogotá y Diego todavía no había regresado de España. Decidió marcar de nuevo su corte militar, teñirse el pelo de un rubio casi blanco y buscar un lugar para vivir que estuviera lejos de donde pudieran reconocerla. Consiguió materiales para pintar y empezó a reconstruir lo mejor que pudo sus primeros años de vida.

Su mamá llevándola de la mano. Su mamá enseñándole canciones infantiles. Su mamá insistiendo para que se comiera la sopa de verduras. Su mamá abrazándola mientras se quedaba dormida. Su mamá enseñándole las vocales. Recuerdos que se volvieron acuarelas de tonos pastel muy iluminadas y llenas de tranquilidad.

Caminando por su barrio de infancia empezó a reconocer pequeños detalles que no había visto cuando lo recorría con Camilo: la reja metálica de un antejardín con arabescos, la fachada ajedrezada de una casa, el olor de la panadería cuando horneaban las galletas... Señales que sus agudos sentidos de artista fueron captando hasta llevarla, después de algunos días de seguir el rastro, hasta la puerta pintada del mismo color borgoña de cuando era niña.

Se quedó mirándola con amor y miedo. El jardín había sido reemplazado por una losa de cemento, pero el resto de la casa permanecía prácticamente igual. Se sentó en una cafetería que había en diagonal desde donde pudo dibujar con tranquilidad la fachada. Hizo primero los trazos de la versión actual y después fue añadiendo los detalles que ya se habían perdido, como una palmera en el costado derecho y las flores que su mamá cuidaba con esmero.

—¿Y es que usted es artista? —le preguntó la mesera cuando le llevó la cuenta y vio los dibujos sobre la mesa.

Andrea se puso nerviosa y se apresuró a sacar el dinero para pagar y guardó los bocetos que había hecho.

Las siguientes semanas se concentró en los recuerdos que tenía de Javier cuando todavía vivían en Medellín. Su papá llegando de viaje en la moto ruidosa. Su papá gritando desde la puerta. Su papá oliendo a licor. Su papá produciéndole miedo. Su papá quejándose de que era una niña demasiado consentida. Una noche se despertó en medio de una pesadilla en la que Javier le daba una cachetada a Blanca. «¿Y si no era un sueño?, ¿y si de verdad pasó?». Llenó decenas de cuadros pintados al óleo con colores oscuros y trazos gruesos, sin imágenes definidas, pero que para ella eran gritos cargados de rabia. ¿Por qué no podía conectar ese pasado con lo que vivió con él en México?

Después de casi un mes en Medellín empezó a visitar a su mamá en el cementerio, asegurándose de ir los días y horas menos concurridos. Al principio guardaba distancia fingiendo que caminaba, pero fue tomando confianza y acercándose más. Notó que el lugar siempre estaba bien cuidado, sin maleza, y que algunas veces tenía flores frescas. «¿Quién la visita?». No se imaginaba a Laura limpiando la lápida y, hasta donde sabía, además de sus primas no tenía más familiares.

El bosque del cementerio era un buen lugar para pintar, lo que le dio una excusa para observar el lugar y pasar desapercibida. Después de ir un par de semanas en diferentes horarios pudo ver a una mujer, vestida de negro de pies a cabeza, visitando la tumba de Blanca. Llegó caminando con dificultad, con un asiento plegable y una sombrilla para protegerse del sol. Sacó de la cartera un termo y un libro que empezó a leer en voz alta por un buen rato. Al terminar se agachó con mucho cuidado (como si le dolieran las rodillas), limpió el espacio y regó lo que le quedaba en el termo sobre las flores. Era un martes a las tres de la tarde y estuvo allí casi dos horas.

A la semana siguiente se repitió la misma rutina, pero además sacó del bolso un paquete de chucherías que comió mientras se reía como si estuviera contándole algo a la muerta. Martes, tres de la tarde. Siete días después Andrea se sentó más cerca intentando escuchar las palabras que decía, pero no lo logró.

La cuarta vez se instaló dándole la espalda, a pocos metros de distancia, asegurándose de que no pudiera verle la cara y de que fuera evidente que estaba pintando el paisaje del cementerio. Pudo darse cuenta de que además de leer el libro lo comentaba con la difunta como si estuviera ahí. También le contaba cosas de su vida cotidiana, lo que había hecho durante la semana o cómo estaba su familia. Al parecer era una amiga de Blanca que la seguía visitando después de tantos años.

La semana siguiente se instaló justo en el lugar que solía ocupar la visitante.

—Niña...

—Dígame —respondió Andrea oculta bajo unas gafas oscuras fingiendo indiferencia.

—Ese es mi puesto. Por favor se me corre...

—Perdone, no sabía. ¿Le molesta si me quedo acá pintando? Estoy justo trabajando en esa parte del bosque —respondió señalando con un pincel hacia un costado.

—Pues sí... Lo que yo vengo a hablar con Blanca es muy privado.

—No se preocupe, yo me pongo audífonos para escuchar música y no alcanzo a oirla.

Después de pensarlo y observar con detenimiento el lienzo, la mujer le hizo un gesto con la cabeza y esperó a que Andrea se moviera un poco para empezar con su rutina: silla, sombrilla, termo, libro. No era fácil seguir pintando, moverse al ritmo de la música y prestar atención a lo que decía la visitante, pero logró coordinar todo para mantener su fachada.

—Sí, mija, calcule. Ese hijo mío sí que me salió bien *tomatrago*. Me tocó recibir a los nietos porque el otro día le pegó a la mujer... Mejor dicho, Rodrigo es igualito al papá, hasta en eso. ¿Cómo te parece, pues?

La mujer se quedaba callada como si estuviera escuchando la respuesta de Blanca.

—No, ¡qué tal que los niños terminen mal como la pobre Dianita! Ay, ¡¿qué será de tu hija?! Todos los días rezo por ella —dijo suspirando mientras hacía la señal de la cruz—. Ojalá haya tenido una buena vida, bendito sea mi Dios. Pero una niña sin mamá, por ahí solita y con ese papá como era de… No, mija, no es tu culpa; no llorés.

Andrea se sintió ansiosa al darse cuenta de que hablaba de ella. Después de la actualización rápida, abrió el libro y empezó a leer, pero a los pocos minutos suspiraba y volvía a la conversación con Blanca.

—¿Te imaginás que me hubiera ido pa México con él?

Volvía al libro.

—Sí, tenés razón… Qué bobada pensar en eso después de tanto tiempo.

Se quedaba en silencio.

—No, mija, que no sigo enamorada de José. ¡¿Otra vez vos con eso?! Hoy me acordé de él por lo que te conté de Rodrigo.

La avalancha de datos aparentemente inconexos tenía a Andrea planteándose miles de teorías. Cuando ya era la hora de irse la mujer le habló de nuevo.

—Oiga, niña...

—¿Mande? —respondió Andrea de manera instintiva con acento mexicano.

—Venga y me hace un favor usted que es joven. Quíteme ese rastrojo que está ahí por detrás del ángel que uno no se puede descuidar con estas cosas.

Andrea obedeció mientras se sentía observada y pensaba cómo obtener más información sin que fuera sospechoso.

—Gracias, mija. Venga, ¿y es que usted es artista?

—Pintora.

—Ah, ¿y cómo se llama? De pronto un día sale en las noticias y puedo contar que la conocí.

—Mucho gusto, Andrea.

—Alejandrina —respondió extendiéndole la mano—, pero todo el mundo me dice Nina.

¿Nina? ¿Acaso era la mujer de la que su papá le hablaba como el amor de su vida? ¿A la que había dirigido esa carta que ella guardaba pensando que era para su mamá? Tenía tantas preguntas que no sabía cómo reaccionar.

—Oigame, niña, devuélvame la mano que ya me voy.

—Perdón. ¿Es familiar de la difunta?

—Casi —respondió Nina riéndose mientras doblaba la silla—. Venga, no me dijo su apellido.

—Morales —mintió Andrea cayendo en la cuenta de que decirle su nombre en primer lugar había sido un error—. ¿Quiere que la acompañe? ¿Puede caminar?

—¡Ay, tan bella!, gracias. Yo aprovecho los días que vengo para andar un poquito que el médico me dijo que me hace bien, y ahí por toda la entrada pasa el Circular Sur.

Tenía una semana para planear cómo conseguir más detalles de la historia, pero era difícil para ella pensar en una estrategia. Diego habría sido perfecto para ayudarla en ese momento, seguramente armaría un mapa con todas esas ideas que ella no lograba organizar. Releyó la carta de su papá varias veces buscando pistas que fueran útiles, pero lo único que se le ocurrió fue acercarse a Nina intentando tener una conversación espontánea.

El martes siguiente a las tres de la tarde vio a la mujer, vestida de luto como de costumbre, con dos niños y varios paquetes.

—Carlos, Enrique, no sean maleducados. ¡Saluden!

Los niños le dieron la mano después de descargar los paquetes al lado de la tumba.

—Mucho gusto, Andrea.

—Son mis nietos. Hoy me los traje porque no podían quedarse con la mamá y para que me ayudaran con todo esto.

Extendieron un mantel sobre el que pusieron un pastel, vasos y platos desechables.

—Es el cumpleaños de Blanca, siempre se lo celebro. Venga nos acompaña —le dijo Nina invitándola a sentarse.

Andrea se sintió mal por no tener presente esa fecha.

—Qué bonito detalle... Seguro eran muy amigas. ¿Se conocían de toda la vida?

—Ja, ja, ja... no, qué va, todo lo contrario. Nos hicimos amigas cuando se murió —respondió restándole importancia a lo que contaba mientras servía gaseosa en los vasos.

No entendió el comentario, pero antes de poder preguntar los niños estaban prendiendo las velas y cantando el *Feliz cumpleaños*. Después de que se comieron el pastel, la abuela les dio permiso de irse a jugar, siempre y cuando pudiera verlos.

—Perdone que sea tan curiosa, pero ¿cómo se hicieron amigas cuando murió?

—Si se lo digo, no me cree.

—Intentemos.

—Pues, vea, ella era la esposa de mi amante.

Andrea no sabía cómo procesar la información y se quedó en silencio.

—Yo sé, no crea que le voy contando esto a todo el mundo. Pero a veces me hace falta desahogarme. Más bien me cuenta usted de su vida. ¿Es mexicana?

—No, señora, tranquila. No me incomoda, al contrario, me parece muy interesante —respondió Andrea intentando mantener la compostura y aprovechar la situación.

Nina le contó que José había estado casado con Blanca durante varios años, matrimonio del que había nacido una niña. Según le dijo, ninguna de las dos supo durante mucho tiempo de la otra: en teoría, él tenía que viajar mucho por su trabajo y, aunque pasaba más tiempo con ella, cada dos semanas se ausentaba algunos días para visitar a su familia oficial. Casualmente durante las festividades importantes como el día de la madre o la Navidad le programaban viajes en su empresa.

—¿Y cómo supo la verdad? —preguntó Andrea con miedo a escuchar la respuesta.

—Cuando quedé en embarazo de mi hijo Rodrigo —respondió Nina mirando a los niños que jugaban a las escondidas detrás de los árboles—. Él me prometió que nos íbamos a casar, yo no quería tener un hijo natural, en esa época eso estaba muy mal visto. ¡Ay, mire como está de tarde! Ya tenemos que irnos. Ayúdeme a recoger que estos muchachitos no sirven para nada.

Andrea intentó extender la conversación unos minutos más, pero Nina se paró y empezó a llamar a los niños que seguían corriendo de un lado al otro.

—¿Cómo van los cuadros? ¿Ya casi termina?

—Van bien, pero todavía me falta un chingo.

—¡Ay, qué palabras tan charras! Bueno, mija, la otra semana nos vemos entonces, hoy no la dejé hacer nada con mis cuentos.

—Está bien, a veces pintar es muy solitario. Me gusta poder conversar.

—Entonces la próxima vez usted me cuenta cosas. Yo casi me voy a vivir a México (pero esa es otra historia) —le dijo mientras se hacía la señal de la cruz.

Los niños le dieron un beso en la mejilla antes de irse y los tres empezaron a caminar tomados de la mano rumbo a la entrada del cementerio. Andrea se quedó en el lugar hasta el atardecer, mirando la tumba de su mamá, llena de preguntas, deseando tener el poder de escucharla como lo hacía Nina.

Más allá de los detalles sobre sus padres que había descubierto en esa conversación, conocer a sus sobrinos le había dado una gran felicidad. Tenían seis y ocho años y eran unos niños alegres y cariñosos. Inclusive, a pesar de los regaños constantes, trataban a su abuela con afecto y siempre estaban pendientes de que ella estuviera bien.

Tener que esperar por una semana más la atormentaba. Intentando organizarse, hizo una lista de las cosas que había descubierto durante los encuentros con Nina. En la próxima oportunidad su prioridad era investigar si tenía detalles de la muerte de Blanca y entender por qué su papá se la había llevado a México en lugar de casarse con ella como le había prometido.

El martes Nina no llegó a la hora prevista, ni apareció durante el resto de la tarde. La semana siguiente tampoco. Ni la próxima. Andrea empezó a sentirse ansiosa, pensando que había perdido otra vez la conexión con su historia. De miércoles a lunes volcaba toda la energía en la pintura, pero los martes los segundos eran eternos. Después de participar en una feria artesanal le vendió algunos cuadros a una constructora que los usaba para las zonas comunes de sus proyectos y, aunque le pagaban muy poco en comparación con lo que valía su trabajo, todo el tiempo demandaban una gran cantidad de pinturas con las que tenía un flujo de ingresos estable.

Al cuarto martes vio llegar a Nina en silla de ruedas, llevada por un hombre que se quejaba de tener que empujarla cuesta arriba por la colina del cementerio. Tenía un tanque de oxígeno que le ayudaba a respirar. Andrea se apresuró a saludarla y a auxiliarlos para llegar hasta la tumba, no era fácil que las pequeñas llantas rodaran sobre el pasto.

—Este es mi hijo —dijo Nina presentándolo. Él saludó a Andrea con indiferencia.

Resistió el impulso de abrazar a su hermano. Ella que siempre se había sentido sola estaba descubriendo que tenía una familia. Físicamente era muy parecido a su papá: tenía el cabello liso, grueso y un poco canoso, una nariz grande algo desproporcionada y los ojos pequeños con expresión melancólica, como si estuviera a punto de llorar. Era alto y por caminar encorvado tenía una joroba que empezaba a asomarse. Parecía que pasaba mucho tiempo al aire libre porque tenía la piel bronceada y algunas manchas.

—La recojo en dos horas, mamá.

Después de que Rodrigo las dejó solas, Nina le dijo que había estado hospitalizada con neumonía y ahora tenía además un coágulo en una pierna, estaba tomando muchas medicinas y debía guardar reposo.

—Pero yo vendré a ver a Blanca hasta el día que me muera; se lo debo a esta pobre mujer.

—Eso es muy noble, pero no entiendo muy bien por qué. Íbamos en que estaba embarazada.

Cuando tenía casi cuatro meses de embarazo José empezó a cambiar con ella. Dejó de ser cariñoso y se ausentaba con mayor frecuencia. Le pareció raro que estuviera un día con ella, se fuera dos y después volviera. Según sabía su trabajo era en pueblos que quedaban a varias horas de Medellín, no había forma de que se fuera y regresara tan rápido. Empezó a notar también que llegaba con ropa que ella no conocía y cada vez se irritaba más ante sus comentarios sobre casarse.

Un día discutieron porque Nina le pidió que la acompañara a ver a sus papás para contarles que estaban esperando un bebé y él le respondió que tenía que irse por una emergencia. Embarazada y sin mucho dinero convenció a un vecino que tenía un taxi para que la ayudara con la promesa de pagarle después. No fue necesario seguirlo durante mucho tiempo, de su casa a la de Blanca no había más de dos kilómetros de distancia. Se quedaron estacionados esperando a que saliera, pero después de un par de horas el taxista le aconsejó que no perdiera más el tiempo ni la plata, las luces adentro ya se habían apagado.

Sabiendo cuál era el lugar, madrugó al día siguiente para confrontarlo. Encontró la forma de ocultarse detrás de un árbol en el jardín de la casa vecina. Antes de las ocho de la mañana se abrió la puerta del garaje y pudo verlo sacando la moto seguido de una mujer. Iba a acercarse para armarle un escándalo cuando vio que una niña pequeña se escondía detrás de la mamá, ocultándose de José que se agachó para darle un beso.

—Despídase de su papá —le dijo la mujer todavía en pijama.

La niña se metió rápidamente a la casa.

—¡Diana, siga portándose así y la próxima vez le doy una pela! —le gritó él, visiblemente enojado—. Vos tenés la culpa, Blanca, la tenés muy consentida.

—¿Cuándo volvés?

—No sé, ¿por qué?

—El sábado es el cumpleaños de la niña... para que le partamos la torta.

Ella le dio la bendición haciendo la señal de la cruz en el aire mientras él arrancó en la moto.

Nina no sabía qué hacer: era evidente que José tenía otra familia. Sin pensarlo demasiado tocó a la puerta. Blanca le abrió secándose las lágrimas.

—¿A la orden?

—Buenos días, señora. Vengo a traer la palabra de Dios. Perdóneme, pero vi al señor salir algo enojado... Soy rosarista, si quiere rezamos juntas —respondió Nina sabiendo que era su única oportunidad, mostrándole una camándula que llevaba siempre en la cartera.

—Nunca he oído hablar de eso de los rosaristas. —Blanca la miró con desconfianza.

—Somos una comunidad que reza el Rosario. No se preocupe, si quiere lo hacemos aquí en el jardín.

Blanca pensó que era una señal divina y se tranquilizó notando que la mujer estaba embarazada.

—Bueno, acá afuera está bien.

—Antes de empezar, si quiere me cuenta lo que pasó y así ponemos la intención en manos de la Virgen. ¿El señor es su marido?

—Sí, es mi esposo.

—¿Y están casados?

—¡Pues claro! —respondió Blanca haciendo la señal de la cruz sobre el pecho.

—Perdone, es distinto cada caso. ¿Tiene alguna petición para la Virgen?

Blanca se quedó en silencio unos minutos. Empezó a llorar sin mirar a Nina.

—Tranquila, no soy sacerdote, pero le aseguro que su secreto queda conmigo.

Blanca le contó que llevaba diez años con José, siete de ellos casada. Cuando quedó embarazada él empezó a cambiar con ella y desde hacía algunos meses se había puesto peor: llegaba borracho, la insultaba, la golpeaba, incluso a veces le pegaba a la niña sin ninguna razón. Tenía miedo por ella, pero en especial por Dianita que empezaba a comportarse extraño: se escondía en diferentes lugares de la casa, se comía las uñas y huía del papá desde que escuchaba que abría el garaje. Ella no tenía a quién contarle, su única hermana nunca se había llevado bien con José y sabía que no la apoyaría.

Nina se sintió perturbada con esa confesión. Definitivamente él era un hombre muy temperamental, el licor lo volvía bastante agresivo y asoció el cambio con Blanca con su propio embarazo.

—Venga recemos, no hay milagro imposible para la Virgen.

Cuando terminaron Blanca le ofreció café y Nina entró a la casa por primera vez. Era un hogar modesto, pero todo estaba muy bien organizado. Había fotos de los tres en un mueble de la sala y la niña estaba en un rincón pintando con vinilos.

—Ay, Andreita, no sabe el susto que tenía sentada en esa sala... ¿Se imagina si José hubiera vuelto?

Andrea no tenía ningún recuerdo de la escena, pero con los detalles que Nina le contó pudo reconstruir la historia como si la viera en una película.

—¿Y entonces se hicieron amigas? —preguntó Andrea queriendo saber más de la historia.

—No, yo no la volví a ver hasta… ¡No mija, qué recuerdos tan duros! —respondió Nina cerrando los ojos.

—Perdóneme, no quise ser imprudente.

—Tranquila, no es su culpa. Hablar de esto me hace bien. —Tomó agua del termo y suspiró mirando hacia la tumba—. No la volví a ver hasta el día en que murió.

Andrea necesitaba un trago. Ya casi era hora de que volviera Rodrigo y, aunque había encontrado muchas respuestas en esa conversación, todavía faltaba lo más importante.

—Venga, mi niña, yo no sé si pueda volver cada semana. ¿Vale mucho una pintura suya? ¿Me podría hacer un cuadro de la tumba de Blanca?, así le puedo conversar si no me queda fácil venir.

—No se preocupe, yo se lo regalo. Pero ¿cómo hacemos?

—Me da mucha pena ponerla en esas, Andreita, pero me haría muy feliz. Anote mi teléfono y cuando lo tenga me llama y la invito a almorzar a mi casa. ¿Qué opina?

La idea de Nina era una muy buena solución para no tener que esperarla todos los martes sin saber si iba o no.

—¡Claro, cuente con eso! Yo creo que para la próxima semana ya está listo. ¿Voy el martes?

A Nina se le aguaron los ojos de la felicidad. Le extendió los brazos a Andrea para abrazarla.

—Gracias, mija. Usted es un angelito. Y yo que la vi como tan rarita con ese pelo blanco cuando la conocí.

Rodrigo llegó a los pocos minutos. Incluso a varios metros de distancia olía a licor y tenía la mirada perdida.

—Despídase, mijo, no sea maleducado —le ordenó Nina como si fuera un niño. Él levantó una ceja con desgano.

16

Nina vivía en un pequeño apartamento, construido por uno de sus hermanos, en la terraza de la casa de sus papás. Había quedado a medio hacer, tenía adobes puestos donde debieron construirse otras habitaciones e inclusive sobresalían las varillas de las columnas que nunca se usaron para terminar la vivienda. Después de subir unas escaleras estrechas Andrea encontró un patio lleno de ropa extendida. En la parte de atrás estaba la casa. En la sala un televisor muy moderno contrastaba con el resto de los muebles bastante modestos y viejos, la habitación de Nina estaba separada por una sábana y desde ahí mismo se podían ver la cocina y la puerta del baño.

Como estaba limitada para caminar dependía de que su hijo pudiera ayudarle a bajar y subir las escaleras para poder ir a cualquier lugar, y le contó a Andrea que eso la tenía muy aburrida. En la casa se movía poco con la ayuda de un caminador pero algunas actividades como limpiar y lavar la ropa se le dificultaban, entonces su nuera le ayudaba (a regañadientes) dos veces por semana.

—Mija, usted es toda una artista definitivamente. ¡Cómo estarán de orgullosos sus papás! —le dijo cuando vio el cuadro en el que Andrea reprodujo con exactitud la tumba de Blanca rodeándola de un hermoso jardín.

—Gracias, me encanta que le guste —le respondió con melancolía.

Después de quitar unos afiches que había en una pared, Andrea se encargó de instalarlo. Mientras almorzaban, Nina se quedaba mirándolo a ratos y se desbordaba en elogios hacia Andrea.

—Ayúdeme con esos álbumes que hay arriba de esa repisa —le indicó señalando un rincón lleno de papeles y cajas—. Vamos a completar el cuadro con una foto de Blanca que tengo por ahí.

Andrea palideció porque ella ni siquiera recordaba cómo era su mamá. Eran álbumes viejos en los que la mayoría de las fotos ya habían perdido el color: su papá con Nina paseando por el centro de la ciudad, una celebración de cumpleaños, la Navidad. Llegaron a la foto de Blanca y ella salía parada a su lado.

—¡Era una mujer tan hermosa! Yo nunca entendí cómo es que José se fijó en mí.

—Usted también era muy linda —respondió Andrea intentando ocultar las ganas de llorar.

—¡Gracias, mija! Pues sí, también tenía mi gracia.

—Pero si no era amiga de Blanca ¿por qué la visita cada semana?

—Esto que le voy a contar es muy delicado, mi niña, y no se lo he dicho nunca a nadie. Lo sabemos la difunta, José, Dianita y yo únicamente. Prométame que nadie más va a saberlo.

Escuchar esas palabras llenó a Andrea de miedo y de preguntas. Aunque no quería prometer nada sin saber de qué se trataba, sabía que tenía que decirlo para que Nina le contara su secreto.

—Prometido.

Nina la tomó de las manos y empezó a contarle el secreto que nadie más sabía, deteniéndose por momentos como si buscara más información en la memoria.

—Un día José llegó muy borracho y yo lo enfrenté diciéndole que ya sabía que tenía una familia y que yo no podía perdonarlo por volverme su amante sin saberlo. Él se enojó conmigo y empezó a empacar sus cosas; dijo que si no quería ser lo que ya era se iba y no volvía nunca. Intenté detenerlo amenazando con contarle todo a su esposa, pero se burló diciéndome que no era capaz de tanto. Yo saqué esa foto que había robado de la casa de Blanca el día que entré mientras ella preparaba el café.

»Cuando vio la foto se quedó callado un par de segundos, pienso que ahí sí me creyó que yo había conocido a su familia. Ni siquiera siguió empacando, salió ahí mismo y se fue en la moto. Me imaginé que iba para donde ellas y pensé que era mejor porque así podía confrontarlo en frente de Blanca y que ella supiera de una vez la clase de hombre con el que estaba casada. No vi el taxi de mi vecino afuera, entonces salí hasta la avenida buscando transporte y empecé a caminar hacia la casa. Cuando llegué no estaba la moto, pero al acercarme a la puerta pude escuchar gritos. Iba a timbrar cuando vi que el garaje estaba entreabierto y me metí por ahí. Escondida detrás de un armario podía oír la conversación. José y Blanca llamaban a la niña y los dos movían cosas por toda la casa. Los gritos empezaron a acercarse y yo ya estaba preparada para confrontarlo.

»Entraron al garaje, José me vio y se quedó paralizado. Blanca me saludó preguntándome qué hacía ahí, intentando ocultar que estaba llorando. Yo me adelanté para decirle que tenía que contarle algo y antes de que me diera cuenta José agarró un arma que tenía en una repisa. Empezó a gritar que era una ladrona y me apuntó con la pistola. En la confusión Blanca se paró en la mitad diciéndole que yo era una rosarista, que no era una ladrona y que ella me conocía. José se puso más bravo y la empujó hacia una esquina. Escuchamos a la niña gritar desde el armario. Blanca intentó pararse para calmar a José, él volvió a apuntarme y a amenazarme. La niña salió corriendo hacia la mamá, Blanca se le tiró encima para protegerla y José disparó.

»La niña empezó a gritar sobre el cuerpo de la mamá. «¡Nina, por Dios! ¡Mirá lo que me hiciste hacer!», me gritaba José zarandeándome del brazo. «Vine a decirle que la iba a dejar y te cagaste en todo. Tengo que llamar a la Policía y van a pensar que por celos mataste a mi mujer. Tenés que irte rápido, yo te busco después». Yo me di cuenta de que la situación no me favorecía, no iban a creerme, me había metido en una casa ajena y hasta llevaba la foto en el bolso.

»Sin saber qué hacer salí corriendo y me escondí en un negocio que había cerca. A los pocos minutos llegó una mujer y me imaginé que tenía otra amante. Al rato apareció la Policía y la cuadra se fue llenando de vecinos que decían que la niña por accidente le había disparado a la mamá. Pensé que era un cobarde por dejarla crecer pensando eso. Yo ya no quería saber nada de él. Después fue muy difícil con mis papás porque no querían que tuviera a Rodrigo, pero yo no iba a renunciar nunca a mi hijo. Me mandaron a vivir con una tía al pueblo donde nació mi mamá y volví después de que mi niño estaba bautizado.

»No supe de José por un tiempo hasta que, un día, recibí una carta. Venía de México y, además de reclamarme por no haberle respondido las anteriores, me decía que quería que me fuera a vivir con él, que estaba arrepentido por tratarme mal, que con la niña había aprendido a ser más paciente y que ya no tomaba tanto. Mi hermana me contó que mis papás habían roto las otras cartas y esa se salvó porque yo se la recibí al cartero. No sabía qué hacer; la vida con mis papás era muy dura, me restregaban en la cara todo el tiempo que me había metido con un hombre casado y que me había dejado embarazar, trataban muy mal a Rodrigo y le decían que no tenía futuro. Pensé en irme a México con él para darle una mejor vida a mi hijo, pero tenía mucha rabia por lo que había pasado. Fui a visitar la tumba de Blanca con la esperanza de tomar alguna decisión. Me dio mucho pesar verla abandonada y la limpié un poquito. Seguí yendo todas las semanas y encontré en esa tumba a una amiga. Sé que es muy difícil de creer, pero yo escucho a Blanca responderme cuando le pregunto algo y ella misma me aconsejó que no me fuera, que José era un hombre lleno de mentiras, un alcohólico y un asesino.

»Yo le mandé una sola carta diciéndole que no me volviera a escribir o contaría toda la verdad de lo que había pasado y las cartas de él no volvieron a llegar.

Andrea sostuvo las manos de Nina mientras hablaba y nunca la interrumpió; al final ambas estaban llorando. Cuando se sintió lo suficientemente fuerte para hablar la sorprendió el sonido de la puerta.

—Son los niños, ya llegaron de la escuela —dijo Nina limpiándose las lágrimas.

Andrea fue al baño para lavarse la cara. Sentía un dolor profundo pensando que su papá había hecho todas esas cosas; un amor inexplicable por su mamá que se había sacrificado por ella; un agradecimiento eterno con Nina por contarle la verdad; un deseo impulsivo de salir corriendo a buscar a sus primas para que supieran que era una víctima más en toda esa historia; una necesidad desmedida de llamar a Martín, pedirle perdón y decirle que lo amaba.

Afuera escuchó a sus sobrinos saludando a la abuela que se levantó con dificultad para servirles el almuerzo.

—Carlos, Enrique, ¡saluden a Andreita! —ordenó Nina cuando la vio salir del baño.

Los niños se levantaron de la mesa para darle un beso en la mejilla. Ella quiso abrazarlos, hacerles mil preguntas, saber todo de su vida, consentirlos, jugar con ellos, llevarlos a comer helado, verlos dormir en la noche. Ellos rápidamente se sentaron de nuevo y empezaron a comer.

—Bendito... ¡Más despacio que se ahogan! —los regañó su abuela.

—¿Y vienen todos los días? —preguntó Andrea intentando distraer las ideas que tenía en ese momento.

—Sí, desde que salí del hospital. Así al menos no estoy tan sola. Aunque con Blanca aquí conmigo, ya tengo compañía.

—¿Y sus amigas no la visitan?

Nina se quedó mirando la fotografía de Blanca que habían puesto en el borde inferior del cuadro, aprovechando el marco como soporte. Luego miró a los niños que ya iban a terminar de comer.

—Mija, páseme esa caja de galletas que está ahí al lado del televisor —le indicó cambiando el tema.

—¿Y hasta qué hora se quedan?

—La mamá los recoge después de la comida; o a veces viene Rodrigo, según como esté de trabajo.

Nina se levantó a recoger los platos para lavarlos. Los niños prendieron el televisor.

—¡Las tareas primero! —les gritó ordenándoles que apagaran el aparato.

De mala gana sacaron los cuadernos de sus morrales y se sentaron de nuevo en el comedor.

—¿Y él en qué trabaja?

—Mija, yo creo que es mejor que venga otro día; me tengo que sentar con estos muchachos o no hacen nada —respondió evadiendo la pregunta.

—¿El próximo martes? Si quiere yo traigo el almuerzo para que no cocine.

—Pero que no vaya a estar picante —le dijo Nina con una sonrisa que Andrea no le había visto nunca.

Se abrazaron con la complicidad de quienes comparten los secretos. Andrea sentía que todo lo que había hablado con Nina le iba a hacer explotar la cabeza. Necesitaba pensar con calma, pero apenas puso un pie en el andén pudo ver a Rodrigo caminando hacia ella.

—¿Qué quiere con mi mamá? —le preguntó cortándole el paso con un gesto de disgusto.

—¿Perdone?

—¿Por qué vino a ver a mi mamá?

—No tengo que darle explicaciones.

—¡Pues sí!, ¿cómo le parece?, porque que una mujer como usted se haga amiga de mi mamá me parece muy raro. ¿Qué quiere con ella?

Rodrigo desconocía por completo la verdadera amistad. Para él toda relación tenía implícito un objetivo, una ganancia, un motivo. Y aunque en esta ocasión no se equivocaba porque el acercamiento de Andrea no había sido casual, le dio pena darse cuenta de que su hermano veía una mala intención en que fueran amigas.

—Pues no, no «tengo» que hacerlo, pero se lo voy a decir —respondió buscando ganar algo de tiempo—: me acerqué a ella porque me causó mucha curiosidad la forma en la que hablaba cada semana ante una tumba… y como soy artista… Me gusta escucharla y aprender cosas de ella que después...

—¡Qué pendejadas! —Rodrigo la interrumpió abruptamente—. Bueno, allá usted si lo que quiere es perder el tiempo con las mentiras de mi mamá.

—¡¿Pendejadas?! ¡¿Mentiras?! ¿Acaso alguna vez se ha sentado a hablar con ella? Es una mujer llena de sabiduría…

—¡Ja, ja, ja, ja! —Sin dejarla terminar la frase Rodrigo se rió estrepitosamente—. ¡«Mujer llena de sabiduría»! Ja, ja, ja...

Antes de que Andrea pudiera responderle, su hermano detuvo con un gesto a alguien que iba pasando en una moto, se montó y se fue. Ella tenía mucha rabia y quiso reclamarle, pero a los pocos segundos ya estaba muy lejos. «Pobre Nina, tan solita». Cuando llegó a la casa intentó organizar sus pensamientos. Concluyó que había sido una suerte que los niños llegaran justo cuando su primer impulso había sido contarle a Nina que ella era la hija de Blanca. Era mejor que no lo supiera nunca. «¿Qué debo hacer?». La vida ideal era aquella en la que podía estar con Martín, pintando, cerca de Paula, Camilo y la pequeña Andrea, viendo crecer a sus sobrinos. Por primera vez en muchos años creyó profundamente que tenía la oportunidad de ser feliz. Quiso ver a Martín, lo buscó en las redes sociales y en la última foto que había subido estaba abrazado con sus papás en el aeropuerto y el texto simplemente decía: «Ya fue... Me tiro a la pileta».

Las lágrimas salieron de manera automática. «¿Por qué pensé que me iba a esperar para siempre? En especial después de haberme ido de esa manera, de no haberlo contactado desde que salí de Argentina...». Lo imaginaba enamorándose de alguna italiana de su edad, viviendo todo lo que ella le había negado. «No me puedo dejar derrumbar, no ahora».

Le escribió un mensaje a Laura: «Tenemos que hablar».

17

Acordó verse con Laura en la cafetería que quedaba diagonal a la casa de su infancia. Cuando llegó, su prima ya estaba esperándola. Era sábado y había pocas personas en el local. Su objetivo era convencerla de que era inocente de la muerte de Fernanda y pedirle que la dejara vivir en paz.

—Gracias por venir —le dijo Andrea extendiéndole la mano. Laura la miró de pies a cabeza con desprecio, sin devolverle el saludo.

—No me interesa lo que usted me tenga que decir. Vine para repetirle mirándola a los ojos lo que ya sabe: no la voy a dejar en paz nunca —respondió levantándose de la mesa.

Andrea respiró profundo, intentando mantener el control. «¿Cómo puede odiarme tanto?». Se concentró de nuevo en el diálogo que había ensayado.

—Espera. Ya estamos aquí. Digámonos lo que nos tenemos que decir. Yo ya me cansé de vivir con miedo.

Laura se quedó en silencio, se sentó y llamó a la mesera.

—Un tinto.

—Para mí una aromática —agregó Andrea.

Cuando la mesera se alejó, Andrea tomó la palabra.

—No sé con qué ideas creciste sobre mí y no quiero convencerte de algo diferente, solo quiero contarte lo que sé y que con esa información decidas lo que quieras.

—¿Por qué aquí? —le preguntó mientras miraba fijamente hacia la puerta de la casa en la que murió Blanca.

—Porque aquí fue donde empezó todo y con suerte será donde termine.

Se quedaron en silencio. Andrea no sabía cómo avanzar.

—Esto solo termina con usted muerta —le dijo Laura mirándola directamente a los ojos.

—Que así sea entonces —respondió con una valentía fingida.

La mesera las interrumpió para dejarles el pedido.

—¿Algo más?

—No por ahora —respondió Andrea intentando que las dejara solas de nuevo.

—Mire, Diana, yo no creo que nada de lo que usted diga me va a hacer cambiar de opinión. —Hizo una pausa para que sintiera la severidad de lo que iba a decirle—. Usted mató a mi tía. Mi mamá no aguantó y se suicidó. Mi hermana y yo terminamos viviendo con mis abuelos. Mi abuelo...

—Sé que tu abuelo abusó sexualmente de tu hermana —la interrumpió Andrea—. La vida de ambas fue un infierno, ella nunca se recuperó del trauma.

—No me va a ganar con simpatía, esto es algo muy doloroso para mí. —Volvió a mirar fijamente hacia la casa—. La vi en las fotos que me enviaron de una de mis charlas y eso fue muy humillante.

—Perdona, no quise ofenderte. Solo quiero que sepas que sí sé de ti y de Magdalena.

—Dígame pues rápido que tengo un compromiso.

—Yo crecí con mi papá en México pensando que él era el hombre más bueno del mundo, que mi mamá había muerto y que él me había llevado para allá para que no nos separaran. Ni siquiera sabía que me había cambiado el nombre o que la muerte de mi mamá había sido trágica. Creo que él se aprovechó de que era muy pequeña para contarme una historia que yo con los años fui convirtiendo en mi historia.

—Ahí empezamos mal, porque su papá no era el hombre más bueno del mundo y usted no estaba tan pequeña.

—Como lo veo ahora —continuó Andrea intentando no perder la calma— es que esa mentira repetida tantas veces se convirtió en un recuerdo. Yo nunca vi ni siquiera una foto de mi mamá, y siendo él la única persona que yo tenía en la vida, para mí lo que decía era verdad.

Laura pareció entender por primera vez lo que Andrea le estaba contando.

—Eso no cambia en nada lo que mi hermana y yo hemos vivido.

—Lo sé, ya voy para allá. Hace unos años encontré una carta que había escrito mi papá y me vine a Colombia a buscar a mi mamá. La única pista que tenía era un sobre con la dirección de Fernanda y luego de muchas averiguaciones llegué al número de celular que pensé era de ella.

—Al que mandó la foto de José.

—Sí.

—Ese día fue horrible, era el teléfono de mi hermana... Ella lo reconoció y tuvo un ataque de ansiedad.

—Lo siento.

—¿En serio? —preguntó Laura con sarcasmo.

—¿Qué más puedo decirte? De verdad lo siento.

Su prima pidió otro café.

—Muchas cosas que pasaron después ya las sabes: descubrí que mi papá me había cambiado el nombre, que mi mamá había muerto en un accidente, que mi tía había fallecido, que ustedes eran mis primas… Pero lo más importante es lo que descubrí hace poco. Hay una historia con la que crecí, otra que salió en los periódicos y una tercera que es la verdad.

—Mire, Diana, esto me parece palabrería suya. Dejemos de perder el tiempo —le dijo Laura mientras miraba el reloj.

—Ya voy a terminar, te juro que es importante. Si después de escucharme decides seguir odiándome al menos sabré que te conté la verdad.

Laura levantó una ceja con incredulidad.

—Mi papá tenía una amante. Ella estaba embarazada y vino a buscarlo a la casa para confrontarlo, para contarle la verdad a mi mamá.

El teléfono de Laura empezó a vibrar, ella rechazó la llamada varias veces.

—Si quieres contestar…

—No, siga. Acabemos de una vez.

—En la confusión de la situación mi papá sacó un arma para convencer a la amante de que se fuera, yo me atravesé y mi papá... —Andrea paró conteniendo las lágrimas— mi papá disparó y mató a mi mamá.

Laura la miró fijamente, esperando que añadiera algo más. Andrea se quedó en silencio.

—Sí, claro... ¡Hágame el favor, qué tonterías! Doña Tere, regáleme la cuenta —gritó Laura dirigiéndose a la mesera.

—Es verdad, te lo juro. La amante salió huyendo y él aprovechó para montar la escena, decir que yo había disparado y que había sido un accidente.

—¿Y esta historia de dónde salió?

—La amante… ella misma me la contó.

—¡Ah, qué conveniente! Mentiras para tapar mentiras... Igualita a su papá.

—Pero…

Laura se paró y le extendió un billete a la mesera.

—Mire, Diana, mejor se hubiera quedado en México o en el hueco en el que se metió estos meses. ¿Dónde está esa mujer? ¿Qué pruebas tiene?

Andrea bajó la mirada, no podía exponer a Nina. El odio que su prima tenía hacia ella podía terminar en una tragedia.

—Eso pensé... ¡Mentiras!

Sin dar oportunidad a que Andrea le respondiera salió de la cafetería y se subió a un carro que la había estado esperando al otro lado de la calle.

—¿Cómo van los dibujos? —le preguntó la mesera mientras limpiaba la mesa, sacándola de la introspección en la que quedó.

—Por ahora parados, estoy dedicada a otros proyectos.

—¡Ah, qué pesar! Eran muy buenos. Hace rato que no veía a Laura tan enojada.

Como la mesera conocía a su prima, Andrea pensó que esa era una oportunidad para obtener más información.

—Perdone que no se lo dije la primera vez. Estoy recopilando datos para un libro sobre la historia de la familia —improvisó recordando la técnica de Beatriz cuando pedía información en la parroquia.

La mesera la observó con curiosidad.

—¿Usted vivía aquí cuando murió la señora? —le preguntó señalando hacia su antigua casa.

—Sí, mija, ¡claro! Este negocio existe desde antes de que yo naciera, era de mis papás. Mucho gusto, Teresa —le dijo extendiéndole la mano.

Andrea la invitó a sentarse y le contó que había conocido a Diana en México y eso la había motivado a escribir el libro.

—¿Dianita está viva?

—Sí, pero conoce muy poco de su pasado —respondió Andrea—. Por eso vine yo a investigar.

—¡Qué alegría! Cuando José se desapareció… pensamos lo peor, la verdad.

Le contó que él había sido un buen padre, pero que había fallecido. También le dijo que estaba teniendo muchos problemas para avanzar en su libro porque Laura no le daba información y además la había amenazado si seguía hurgando en el pasado.

—Yo veo muy difícil que esas cosas vengan de Laura. Ella es así de temperamento fuerte, pero no es una mala persona. No me la imagino en esas...

—Pero hoy mismo, aquí sentadas, me amenazó.

Teresa se quedó pensando por un momento.

—Eso parece más bien cosa de John Jairo, el marido de Magda.

—¿De quién?

—El esposo de la hermana mayor de Laura.

—¿Magda? pensé que se llamaba Magdalena —dijo Andrea, casi para sí misma.

—Sí, por eso: Magda.

—¿Y ella qué hace? Yo no la conozco todavía.

—Lleva varios años trabajando en la parroquia Jesús Obrero, es la secretaria.

Sintió que le faltaba el aire. Los puntos que no había podido unir empezaron a hacerse evidentes.

—Mija, ¿qué le pasa? Espere le traigo un vaso de agua.

Andrea había estado en esa parroquia, había hablado con ella, le había dejado sus datos.

—Doña Teresa, ¿usted estuvo aquí el día que… que murió Blanca? —le preguntó después de tomarse el agua con ansiedad.

—Sí claro, ese día abrimos hasta tarde; el barrio entero pasó por aquí.

—¿Y no vio a nadie más en la casa?, ¿a una mujer joven?

—Ay, mija, ¡eso fue hace tantos años!

—Lo sé, pero es importante. Una mujer embarazada...

Teresa se quedó en silencio. Cerró los ojos. Miró hacia la casa.

—No me acuerdo de haber visto a nadie más en la casa… pero sí había una muchacha embarazada que se quedó aquí hasta que cerramos. Me acuerdo porque estuvo llorando mucho rato y mi mamá me dijo que seguro el novio la había abandonado después de darle la prueba de amor.

—¿Y si le traigo una foto usted la reconocería?

—No sé, mija, ¿por qué la pregunta?

Andrea dudó si era prudente contarle, pero era su única oportunidad de probar que ella no había matado a su mamá.

—Una teoría que estoy investigando es que José tenía una amante —dijo Andrea con algo de vergüenza.

—¡Pues claro!, eso lo sabía todo el mundo —respondió Teresa con una carcajada—. Perdón, pero uno acá se entera de todos los chismes. Y sí, la gente decía que José tenía otra mujer, pero Blanca siempre salía a defenderlo. ¿Era esa muchacha?

—Sí, al parecer ella estaba embarazada y vino a la casa el día que Blanca murió.

—¡Ay, Santísimo! ¿Ella la mató?

—¡No! Mejor dicho… no parece. Ella dice que fue José quien disparó.

Teresa se quedó un momento en silencio, con la mirada fija hacia un punto indeterminado.

—Aquí nadie creyó que Dianita siendo tan chiquita hubiera matado a su mamá, ni por accidente. No podría decir que fue José, pero él sí las trataba muy mal… A veces parecía que les pegaba; no me extraña que hubiera sido él. Esa noche todo fue muy raro y, después, la forma en la que ambos desaparecieron… Eso sí que fue sospechoso.

Andrea la abrazó en agradecimiento.

—Consiga la foto. De pronto me acuerdo.

18

Cuando Martín regresó a Buenos Aires y encontró la carta de Paulina diciéndole que debía huir para no ponerlo en peligro, no entendió nada. Le explicaba que había pasado algo muy grave y que las personas que querían hacerle daño ya la habían encontrado, por lo que debía desaparecer cuanto antes para que él, su familia y sus amigos estuvieran a salvo. Se había llevado muy pocas cosas, el teléfono ya no servía y de sus documentos solo quedaban restos que estaban quemados en el bote de basura.

La primera reacción de Martín fue ir a la Policía, no sabía por dónde empezar a buscarla. Le envió varios mensajes a su correo y a las cuentas en redes sociales pidiéndole que le aclarara lo que había pasado, asegurándole que juntos podían resolverlo. También habló con Paula y pudieron armar el rompecabezas de lo que había concluido erróneamente su novia.

Después de un par de semanas, con la ayuda de un amigo de su papá que trabajaba en el gobierno, pudo confirmar que había cruzado de Argentina a Chile por el túnel del Cristo Redentor. Organizó su vida de la mejor forma posible para seguirle el rastro. Paula y Camilo estarían pendientes de cualquier señal en Colombia.

Cuando se despidió de sus papás en el aeropuerto sintió el miedo de iniciar la búsqueda de Paulina sabiendo únicamente que había viajado hacia Chile. Los primeros días en Santiago estuvo completamente paralizado: encontrar a una persona en una ciudad de seis millones de habitantes era un proyecto sin sentido. Se lo habían advertido sus amigos en Buenos Aires, pero él no podía quedarse sentado esperando a que ella volviera algún día. Además de sus tres nombres no tenía nada más: Diana Patricia Echeverry Sánchez. Andrea Hernández Sánchez. María Paulina Morales Reyes.

Las opciones eran demasiadas: podía seguir en la ciudad, haberse ido a un pueblo pequeño, salido del país por tierra, barco o avión; peor aún, podía haber sufrido un accidente, haber vuelto a la adicción o incluso haberse quitado la vida. Todos los días le mandaba un correo electrónico pidiéndole perdón. Le explicó que él era el culpable porque le había ocultado las conversaciones con Paula y adjuntó las imágenes del chat para comprobarle que era cierto.

Martín había leído alguna vez que ante el miedo son posibles tres respuestas: pelear, paralizarse o huir. Paulina solo conocía la última. Intentando ponerse en su lugar, se le ocurrió visitar algunas galerías de arte y museos de la ciudad. Empezó por el más grande: el Museo de Bellas Artes. Le explicó al encargado de seguridad que su novia estaba sufriendo un trastorno y podía estar perdida. Como prueba le mostró algunas fotos en las que ambos estaban con su familia y amigos, la denuncia de la desaparición que había hecho ante la Policía argentina y un certificado psiquiátrico que su hermano le ayudó a falsificar. Después de varias horas de hablar con diferentes personas del museo le dijeron que buscarían los videos de seguridad de máximo tres días ya que era demasiado trabajo. Él les dio algunas fechas y le informaron que le avisarían en caso de encontrar algo.

Intentando mantener la esperanza fue con el mismo discurso a los museos de Arte Contemporáneo, de Artes Visuales, al Ralli y a las principales galerías de pintura. También recorrió las ferias de artesanías y estuvo en los institutos donde enseñaban dibujo por si acaso Paulina estaba buscando trabajo. En algunos sitios le ayudaron revisando con él los videos o la lista de visitantes, en otros le dijeron que lo llamarían o que no era posible compartir ese tipo de información.

Por su parte, Camilo había pedido sus amigos de Medellín que estuvieran atentos por si la veían o se comunicaba con ellos. Martín les había compartido las fotos más recientes para que pudieran reconocerla con su nuevo *look*. Paula estaba desesperada pensando que las posibilidades de encontrarla eran menores con cada día que pasaba, y seguía dejándole pistas en las redes sociales con la esperanza de que volviera a contactarla.

—Tenemos que irnos para Medellín —le dijo a Camilo un día que sintió que no podía seguir en Bogotá.

—¿Para qué?

—¡Para buscarla! Si Andrea regresa a Colombia será a Medellín.

—No lo sé... ¿y si se quedó en Chile o se fue a otro país? Si lo que tiene es miedo de las amenazas no me parece lógico que haya vuelto.

—Sé que no suena lógico, pero… yo la conozco. Creo que es lo que haría.

Discutieron varias veces sobre el tema y no pudieron llegar a un acuerdo.

¿Alguna pista?

Nada… No sabés la frustración que tengo

¿Y si la buscas en Medellín

¿Vos creés?

Sí. Iría yo misma pero con la bebé es imposible y Camilo no puede viajar ahora por su trabajo.

Mirá... no puedo quedarme en Santiago indefinidamente; si no pasa nada esta semana, me voy para allá.

Ese mismo día le enviaron por correo electrónico algunas fotos borrosas en las que una mujer parecida a Paulina entraba al Museo de Bellas Artes. Martín pensó que había esperanza. Volvió al museo para pedirles más información, pero se la negaron.

Recurrió a la Policía con la misma historia y con las imágenes del museo. Estuvo dos semanas más deambulando de un lugar al otro con la idea de que podía encontrársela en cualquier momento. Finalmente compró tiquetes para irse a Medellín.

Camilo le hizo una lista de los lugares que Andrea frecuentaba y lo contactó con sus amigos para que lo guiaran o lo acompañaran a buscarla. Medellín le pareció una ciudad difícil de navegar; más allá del Metro, el sistema de transporte era limitado y algo desordenado. No lograba asociar esos sitios con la personalidad de su novia y después de recorrerlos por obligación durante algunos días, decidió explorar los lugares asociados con el arte, especialmente con la pintura.

Era una ciudad de pocos museos de arte y escasas galerías. Museo de Arte Moderno, Museo de Antioquia, Palacio de la Cultura. En cada uno de ellos intentó la estrategia que había usado en Santiago de Chile, pero la respuesta siempre fue negativa: no entregaban ese tipo de información sin una orden judicial. En la Policía tampoco le ayudaron porque no pudo demostrar que era familiar en primer grado de la desaparecida, y le sugirieron dirigirse a la embajada mexicana para ver si a través de ellos la solicitud podía gestionarse; al final le advirtieron que las probabilidades de lograr algo sin estar casados eran muy bajas.

Casi todas las galerías estaban en la misma zona de la ciudad, entre el parque de El Poblado y el parque Lleras. Lo primero que hizo fue recorrerlas con la esperanza de encontrar alguna pintura de su novia (le parecía lógico que ella intentara ganar algo de dinero vendiendo algún cuadro) pero no tuvo éxito. Camilo le sugirió que tomara un camino menos formal pero posiblemente más efectivo: mostrarles la foto a los vigilantes de las galerías y darles una pequeña propina por su ayuda. Ninguno reconoció a Paulina.

Empezó a buscarla en los lugares en los que predominara la naturaleza, esos que a ella tanto le gustaba visitar en Buenos Aires para tener inspiración para pintar. En Medellín el espacio público eran principalmente plazas llenas de cemento, pero había algunos oasis como los jardines Botánico y Circunvalar, los parques Arví, Tres Cruces y El Salado. Él mismo encontró inspiración en esos sitios en los que todo parecía ir en cámara lenta y escribió un par de canciones para su novia. Soñaba con verla a lo lejos tomando fotografías de las cortezas de los árboles, acercarse lentamente para no asustarla y empezar a cantarle con voz tenue para que ella supiera que era él; que su voz los conectara como lo hizo tantas veces y abrazarla con la intención de no volver a separarse nunca. Pronto se dio cuenta de que, aunque ella frecuentara esos lugares, la probabilidad de encontrarse era muy baja.

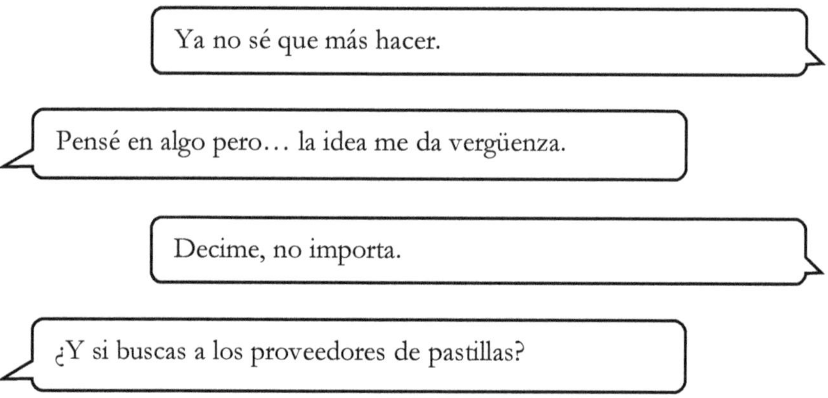

Solo pensar que Paulina estuviera consumiendo de nuevo lo hizo sentir muy triste. Confiaba en que la desintoxicación juntos y el proceso de encontrarse con la pintura habían sido definitivos para que ella entendiera que había otras formas de enfrentar sus demonios. Sin embargo, decidió hacerle caso y empezó a buscar información. Visitó algunas discotecas donde rápidamente pudo identificar a los vendedores, quienes con desconfianza se negaron a ayudarlo.

Paula y Camilo viajaron a Medellín aprovechando que tenían algunos días libres. Conocerse personalmente fue una alegría enorme para los tres que solo se opacaba por la ausencia de Andrea. La familia de Camilo había preparado una pequeña reunión para que todos conocieran a la bebé. La cita fue en el nuevo apartamento de una de sus primas e invitaron a Martín para que se distrajera un poco. Mientras esperaban en el lobby del edificio pudo reconocer en un cuadro los trazos de su novia.

—¿Te gusta? —le preguntó Paula viéndolo completamente concentrado frente a la pintura.

—Es de Paulina —le respondió casi sin poder respirar.

—¿Estás seguro?

—Sí... totalmente, es su estilo. Siempre tenía esta manía de mezclar…

—No te molestes en explicarme que de eso no entiendo. Si estás seguro te creo —lo interrumpió Paula—. Además, mira las iniciales en la firma: AHS.

Se abrazaron como si la hubieran encontrado a ella en ese cuadro. ¡Había una pista! El vigilante del edificio no sabía quién lo había pintado así que les sugirió que contactaran a la administradora para que les diera más información. Martín le tomó fotografías a la pintura y se las envió emocionado a su familia y amigos; todos celebraron ese primer hallazgo en los meses que llevaba buscándola.

Paula subió algunas fotos de la reunión familiar, incluyendo una en la que estaba con Martín con la esperanza de que Andrea la viera. Antes de regresar a Bogotá se encontraron de nuevo para repasar qué opciones tenían y Camilo sugirió que también visitara la tumba de Blanca.

La administradora del edificio le dio una cita a Martín para que pudieran hablar. Él le contó la historia y ella se sintió muy conmovida al ver con cuánta devoción hablaba de su novia. Finalmente le dio el contacto de la persona encargada de la decoración de las áreas generales de los edificios en la firma constructora ya que el cuadro hacía parte del mobiliario con el que habían recibido el proyecto, pero le sugirió que dijera que quería contactar a la artista para encargarle un cuadro.

—No todos van a ser tan románticos como yo —le dijo con una sonrisa antes de despedirse.

En efecto, en la constructora no fueron tan solidarios; le mostraron otros cuadros que tenían de ella y que podían venderle ya que todavía no los habían asignado a ningún proyecto. Después de mucho insistir accedieron a que les dejara sus datos y ellos se los darían a Andrea la próxima vez que pasara por la oficina.

El siguiente mes fue de mucha desesperación para Martín; visitó el cementerio en varias oportunidades dejándole notas a su novia en la tumba de Blanca. Llamó una vez por semana a la constructora preguntando si había más información, pero la respuesta siempre era negativa.

19

El martes cuando Andrea fue a visitar a Nina tenía una misión muy clara: conseguir la foto para llevarle a Teresa. Preparó unos chiles en nogada, reemplazando los ingredientes tradicionales por los que encontró en Medellín.

—Esto se ve muy picante —le dijo Nina cuando Andrea empezó a servir el plato.

—No se preocupe que usé pimentones y los rellené con pollo, un picadillo de tomate, cebolla y ajo; nada es picante.

—¿Y esa salsa?

—Queso, nueces y canela. ¡Nada es picante!

—Pero esas bolitas rojas por encima…

—Ya, Nina, no sea necia. Pruébelo que le va a encantar.

Se sentaron a comer como si fueran amigas de toda la vida. Nina le contó lo que había pasado durante la semana: su hijo había peleado con la esposa y ella se había ido con sus papás, llevándose a los niños. Rodrigo se había enfurecido, le hizo un escándalo en la casa de los suegros en medio de una borrachera y había terminado en la estación de Policía. Ahora tenía una orden de restricción y no podía acercarse a ella.

—¿Cómo le parece, pues? Ese hijo mío salió igualito al papá —le dijo Nina con tristeza.

—¿Su papá le pegaba?

—Ay, niña, tantas veces. Pero era otra época; yo pensaba que eso era lo normal, que así se mostraba el amor. Y a Blanca… ni le digo… Yo creo que la trataba horrible y no me extraña que a la hijita también.

Andrea se quedó en silencio pensando en esa imagen que cada día se hacía más real. Su papá llegando borracho, gritando, buscándola para pegarle sin ella saber por qué, su mamá defendiéndola, poniéndose en medio para recibir los golpes.

—Nina, estuve pensando... ¿le gustaría que hiciera un cuadro de Blanca con usted? —preguntó Andrea para avanzar con su objetivo.

—¿Cómo sería eso?

—Pues… puedo basarme en una foto suya, en la foto de ella y pintarlas como si estuvieran juntas.

La mirada de Nina se iluminó. Sin decir más, se levantó como si no le doliera nada para buscar los álbumes de fotos.

—Busquemos una que sea de la época en la que conoció a Blanca; cuando estaba embarazada —sugirió Andrea.

Pasaron las páginas con mucho detenimiento. Nina le iba contando la historia de cada fotografía. Andrea pensó que era un placer que se había perdido. La mayoría de las fotos de antes tenían el encanto de ser cuidadosamente preparadas, reservadas para fechas especiales y el resultado final era una sorpresa que podía verse días después cuando se revelaban los rollos.

Eligieron dos fotografías: una en la que Nina se veía muy sonriente el día de su cumpleaños (unos meses antes de quedar en embarazo) y otra en la que ya estaba en el pueblo con su tía y tenía una expresión melancólica.

—¿Sí vale la pena que se lleve esa foto tan triste?

—Sí, así puedo interpretar mejor sus rasgos —Andrea improvisó una respuesta.

—Pero de Blanca solo tenemos una.

—Haré lo mejor posible; confíe en mí.

Se arrepintió en cuanto dijo la última frase. Le estaba pidiendo que confiara en ella en el mismo instante en que estaba engañándola. «¿Qué clase de persona soy?». Con los días descubrió que tras la imagen que proyectaba Nina de mujer estricta y hermética, había en realidad mucha inocencia. Seguramente los golpes de la vida la habían llevado a protegerse creando distancia y por eso era tan solitaria.

Cuando los niños llegaron de la escuela se alegraron de ver a Andrea y la saludaron con besos y abrazos. Ella les había llevado comida y les sirvió además unos nachos con guacamole que devoraron. Cuando terminaron de comer les dio unos dulces de tamarindo que, aunque eran muy diferentes a los de México, le sirvieron para contarles más sobre lo que ella comía cuando era niña. Ambos eran muy curiosos y ella se sentía feliz de responder a todas sus preguntas que terminaban siempre con los cuatro riéndose:

—¿Estás casada? —preguntó Carlos.

—No.

—¿Tienes novio?

—No… Sí… No sé —dudó Andrea.

Risas.

—¿Tienes hijos? —era el turno de Enrique.

—No.

—¿Y sobrinos?

—Sí… No… ¿Quieren ser mis sobrinos?

—¡Síííííí! —respondieron los dos al tiempo.

Risas.

—¿Te gusta el helado? —preguntó Carlos de nuevo.

—¡Sí!

—A nosotros también. ¿Nos invitas a comer un día?

—¡Sí!

Risas.

—¿Le gusta más el de vainilla o el de chocolate? —intervino Nina.

—Mi favorito es el de fresa —respondió Andrea.

—Yo nunca he probado de fresa —dijo Carlos.

—Yo tampoco… Pero sí de mora —añadió Enrique.

Risas.

La abuela disfrutaba de la escena tanto como los nietos. Eran pocos los motivos de alegría en sus vidas.

—Tengo que irme —dijo Andrea calculando que la mamá de los niños podía llegar en cualquier momento.

—¡Noooooo! —se quejó Carlos.

—¿Cuándo vuelves? —preguntó Enrique.

—El otro martes, si la abuela quiere.

—Mi niña, y ¿si alcanza a pintar el cuadro?

—No creo, pero entonces si quiere vengo la otra semana —respondió Andrea con un poco de tristeza.

—No, no, ¡qué tal!, ni que solo me interesara eso... Es muy rico conversar con usted. El martes yo hago el almuerzo.

Los niños se quejaron, les había gustado mucho la comida mexicana. Andrea los abrazó con cariño y sacó un regalo del bolso: una caja de colores para cada uno y unos libros para pintar.

Mientras bajaba las escaleras tenía terror de encontrarse otra vez con Rodrigo; ese día no estaba esperándola. Quería ir directamente a donde Teresa para mostrarle la foto, pero lo dudó pensando en las implicaciones que eso podría tener para Nina. Tal vez era mejor usarla solo como último recurso.

Andrea podía reconocer muchos rasgos de su mamá en sí misma. Tenían el cabello negro, muy oscuro, el ángulo de la cara un poco cuadrado con pómulos sobresalientes. Los ojos almendrados con pestañas largas y cejas pobladas.

También podía notar lo dura que había sido la vida con Nina, aunque apenas tenía un poco más de sesenta años aparentaba muchos más. Toda la vida había trabajado vendiendo dulces afuera de un colegio y tenía la piel muy dañada por el sol, además tenía muchos problemas de salud por el sobrepeso. Andrea quiso ponerse a pintar de inmediato y solo en ese momento fue consciente del problema en el que se había metido: no tenía experiencia haciendo retratos.

Llevaba ya varias semanas sin ir a la tumba de Blanca y pasó el fin de semana por el cementerio; sin los cuidados de Nina seguramente estaría algo desarreglada. La sorprendió encontrarla limpia. «¿Alguien más vino?». Era poco probable. Mientras organizaba las flores que llevó pudo ver un trozo de papel a los pies de la figura del ángel. Parecía que estaba hacía algunos días al aire libre: se había rasgado y mojado, la tinta estaba corrida, pero la forma en la que lo habían doblado la hizo pensar que no era basura. «¿Para quién?». Le dio varias vueltas intentando descubrir de qué se trataba, pero las palabras eran ilegibles. «¿Será una amenaza?». Guardó el trozo de papel y, sintiéndose observada, decidió irse.

Siguió trabajando en el cuadro; había hecho algunos bocetos de cómo quería que quedaran ambas en la pintura. Le gustaba quedarse mirando la fotografía de su mamá concentrada en eso que no captura una foto pero que queda muy guardado en la memoria y que intentaba sentir plenamente: la voz de Blanca enseñándole a pintar, su olor cuando se despertaban abrazadas esos días en los que no estaba José, el sabor del ponche de huevo que le preparaba cuando no quería comer, la textura de las manos que la acariciaban con tanto cariño.

No lograba olvidarse del papel, la atormentaba no saber qué era. «¿Y si es una amenaza?». Al revisar los detalles notó unas líneas hechas con marcador que, aunque se habían corrido un poco, no habían desaparecido como las palabras escritas con lapicero. Repasando los dobleces pudo ver un dibujo muy preciso que no había descubierto antes. Un símbolo. Una figura en forma de estrella. «¡Martín! ¿Cómo es posible?». Varias semanas atrás había decidido no pensar más en él, le dolía muchísimo imaginarlo con otra mujer, viviendo el sueño de una vida en Italia que ella le había negado y al mismo tiempo se sentía mal por no alegrarse de que hubiera pasado la página. «¿Será de él?». Lo buscó con ansiedad en las redes sociales, no había ninguna publicación nueva desde la del aeropuerto meses atrás. Le ganó la curiosidad y buscó también a Paula. Había subido unas fotos hermosas en las que se veía con Camilo y con la bebé, con su familia y en una de ellas, para su sorpresa, también estaba Martín.

20

Con toda la valentía que podía recordar de su mamá y después de pasar una noche llena de emociones pensando que Martín la estaba buscando, se levantó decidida a ponerles fin a las amenazas de sus primas. Cuando Magdalena abrió la oficina del despacho cural Andrea ya estaba esperándola.

—A la orden...

—Necesito que hablemos.

—Por favor llene este formulario —le dijo Magdalena mientras ponía un papel en el escritorio.

—No. Tenemos que hablar —la interrumpió Andrea tomándole la mano.

Magdalena era físicamente muy distinta a su hermana. Era una mujer alta, delgada, de piel blanca y cabello castaño claro y liso. Se podían ver aún rasgos adolescentes ocultos tras unas gafas enormes y ropa demasiado holgada con la que buscaba ocultar su feminidad.

—Estoy trabajando —respondió retirando la mano con fuerza.

—¿A qué hora sales?

—No tenemos nada de qué hablar.

—Sí, sí tenemos… ¡y mucho! Magda, yo sé que pasaron cosas horribles y sé que todo comenzó ese día en el que murió mi mamá…

—En el que usted la mató —la interrumpió, haciéndose la señal de la cruz.

—En el que mi papá… En el que mi papá disparó contra mi mamá y la mató.

Ambas se quedaron en silencio. Andrea había sentido mucho dolor pronunciando esa frase, pero había decidido asumir la verdad desde el momento en el que llegó al despacho. Quería llorar, pero necesitaba mantenerse fuerte. «Perdóname, papito». Cerró los ojos y tomó aire para continuar:

—Yo no maté a mi mamá. Fue él. No puedo decirte que pagó por su crimen porque la verdad es que tuvo una buena vida.

—¿José está muerto? —preguntó Magdalena cambiando el tono de la conversación—. ¿Cómo pasó?

Andrea aprovechó ese repentino interés de su prima para contarle que habían vivido juntos en México sin que ella supiera la verdad de su pasado y que él había muerto en un accidente de tránsito.

—Entiendo que Laura y tú sufrieron mucho y lo siento con todo mi corazón. Yo también he tenido una vida difícil.

—¿Ah sí? —preguntó Magdalena con incredulidad, mirándola por encima de las gafas.

—No hay cómo comparar el dolor que cada una ha vivido —respondió Andrea bajando los ojos y para su sorpresa fue su prima quien esta vez la tomó de la mano—. No podemos cambiar ese pasado, pero podemos elegir cambiar el futuro.

El teléfono sonó y Magdalena tuvo que atender una consulta sobre los requisitos de matrimonio. Cuando colgó, Andrea sintió que la miraba de otra manera.

—No puedo seguir viviendo con miedo, con estas amenazas…

—¿Qué amenazas? —preguntó Magdalena.

—Las amenazas de muerte, de lastimar a mis amigos, de no dejarme en paz nunca —explicó Andrea viendo cómo su prima se asombraba con cada palabra.

—Pero no entiendo de qué está hablando. ¿Cuáles amenazas?

Andrea le contó lo que había pasado. Los mensajes de texto. La llamada de Laura. El sufragio que había recibido a su nombre. La amenaza contra la vida de su exnovio.

—Yo… yo no tengo nada que ver en eso… Ni siquiera sabía.

—Pero tú sabías de mí. El primer día que vine ya lo sabías.

—Sí. Laura me habló de usted, me mostró una foto. Me dijo que nos estaba buscando, y el día que usted vino la reconocí... Pero no sabía que la estaban amenazando. ¿Sabe quién es? Eso es muy grave, hay que hacer algo.

En ese momento Andrea se desmoronó y empezó a llorar.

—No sé, Diana, esto no tiene sentido —le dijo entregándole un vaso de agua para que se tranquilizara.

—Andrea.

—Perdón, Andrea. No entiendo por qué mi hermana está actuando de esa manera. Tenemos que contarle la verdad sobre José.

—Cuando se lo dije no me creyó. —Notó que su prima estaba asombrada—. ¿No sabías que nos vimos?

—No y… no entiendo. Mi hermana siempre me cuenta todo.

—¿Es posible que alguien más esté detrás de esto? Es muy complicado todo lo que han hecho para atormentarme.

Magdalena se quitó las gafas y las limpió de manera obsesiva. Cerró los ojos mientras movía los labios como si estuviera rezando.

—Que Diosito me perdone por lo que voy a decir, pero la única persona que se me ocurre es mi marido.

—¿Por qué lo dices?

Su prima le contó que era un hombre lleno de odio, que incluso había buscado al abuelo de Laura, un anciano que ya ni siquiera sabía de qué le hablaban, y lo había lastimado físicamente. Se conocieron en un evento de su hermana quince años atrás. Ella no había tenido ninguna relación con un hombre y él, que también había sufrido de abuso sexual en la adolescencia, parecía entender todo el dolor y el rencor que ella tenía. Se hicieron buenos amigos. Empezaron a compartir el trauma y el odio. Le propuso que vivieran juntos y ella como condición le dijo que debían casarse. Pasaron años sin tener el más mínimo contacto físico, ambos estaban rotos por dentro.

—Yo… yo nunca he sentido placer al estar con él —confesó Magdalena.

Cuando empezaron a tocarse lo hicieron como parte de una terapia para tratar de sanar su pasado. El más mínimo contacto los ponía alerta, les causaba miedo y dolor. Después pudieron soltarse un poco más y empezaron a acariciarse con ternura, como si fueran hermanos. Pero en un momento la actitud de él hacia el sexo cambió por completo, y pasó del miedo a la obsesión. Su prima le contó que se volvió adicto a la pornografía, le decía que necesitaba desbloquear el trauma y veía películas todo el día mientras se masturbaba. A ella le parecía que todo eso estaba mal pero el terapeuta les dijo que era un camino válido y que era una etapa que pasaría pronto.

—Después fue peor —dijo Magdalena con lágrimas en los ojos.

—No puedo ni siquiera imaginarlo. ¿Estás segura de que quieres continuar?

—Sí, nunca se lo he contado a nadie.

—¿Ni a tu hermana?

—¡A ella menos! Son amigos íntimos —respondió haciendo una mueca que Andrea interpretó como celos—. Laura lo defiende con su vida.

Magdalena se puso en pie y cerró la puerta del despacho. Desconectó el teléfono, puso el celular en silencio y preparó café para las dos. Le contó entonces que su esposo empezó a obligarla a tener sexo con él «como en las películas». La hacía ver las escenas y reproducirlas de manera minuciosa. Ella lloraba pidiéndole que no lo hicieran, pero él cada vez era más severo, llegando incluso a golpearla.

—¿Y esto todavía pasa? —preguntó Andrea con miedo a la respuesta.

—No, una nueva obsesión hizo que me dejara en paz —respondió Magdalena con un suspiro de alivio.

—¿Y por qué piensas que él pueda estar detrás de las amenazas?

—Hace cinco años empezó a trabajar con mi hermana en la fundación. Ninguno de los dos me lo ha dicho, pero sé que se encarga (entre otras cosas) de amenazar a los abusadores contra los que no logran nada legalmente. Lo he escuchado hacer llamadas en las que dice cosas horribles. —Cerró los ojos, persignándose—. E inclusive una vez encontré en el carro un sufragio, como el que dice que le mandaron.

—¿Sabes? El día que me vi con Laura un hombre la estaba esperando afuera de la cafetería. No alcancé a verlo porque solo lo noté cuando ella salió y se subió al carro; era un automóvil.

—¿Azul oscuro?

—Sí, un Chevrolet, me parece.

—Perdóneme —dijo Magdalena con lágrimas en los ojos.

—Perdóname tú a mí —respondió Andrea acercándose a ella. Se abrazaron, y se quedaron en silencio.

Con más calma Magdalena se ofreció a hablar con su hermana y explicarle que no podían seguir aferradas a un pasado que solo les traía dolor y sufrimiento. Hacerle entender que, incluso si Andrea hubiera disparado contra Blanca, todo lo que había pasado después no era su culpa.

—Espero que no te ofendas, pero ¿por qué sigues con él?

Magdalena se sintió apenada.

—Porque es lo que me tocó.

Andrea vio en el gesto de su prima a esa niña que aprendió de la forma más difícil lo que era ser mujer. Todavía estaba llena de miedo, incluso parecía agradecida por tener a John Jairo y no estar sola. Ella le contó los detalles más tristes de su vida, los episodios de ansiedad, depresión y adicción.

—Me tomó muchos años, pero ahora entiendo que no nos «tocó» nada.

—Pero a mí…

—Tampoco a ti —le dijo Andrea con ternura—. Mira a mi papá: fue un mal hombre, un mal esposo, incluso un mal padre, pero lo que yo viví con él en México fue completamente diferente; él quiso cambiar y lo hizo.

—Pero es distinto...

—Y mírame a mí. Tantos años obsesionada con una vida de superficialidad y después con tener el esposo y los hijos perfectos. Estaba tan vacía que muchas veces pensé que sería mejor estar muerta.

Magdalena se persignó diciendo una oración en voz baja.

—Ahora sé que lo que tengo con Martín es más importante que todo eso, que quisiera vivir muchos años porque tengo muchos cuadros por pintar.

—Pero yo estoy unida a John Jairo en sacramento.

—También sé que no importa cuántas veces uno escuche esto... hasta que no lo descubre por sí mismo no va a cambiar nada. Solo quiero que sepas que sí se puede tener otra vida.

Se despidieron con otro abrazo largo. Magdalena le prometió avisarle en cuanto hablara con su hermana.

21

Aunque la conversación con Magdalena había tenido momentos difíciles, Andrea salió feliz por haber hecho lo correcto. Se sorprendió con las palabras que había elegido sobre el pasado y el futuro y sonrió dándose cuenta de que realmente se las había dicho a sí misma.

No podía esperar para ver a Martín, pedirle perdón infinitas veces, abrazarlo, besarlo, contarle todo lo que había vivido. «¿Dónde te encuentro, Flaco?». Abrió el correo electrónico de Paulina para escribirle y se impresionó al ver todos los mensajes que él le había mandado. No podía parar de llorar. Tantos días sufriendo porque «ya la había olvidado» y ahí estaba él contándole todo lo que había hecho para localizarla. Empezó en orden cronológico, se emocionó con cada frase. Después de leer el primero que le había escrito desde Medellín no pudo resistir la tentación y leyó el más reciente (lo había recibido un par de horas antes):

> Hoy estuve en la tumba de Blanca. El último mensaje que te dejé ya no estaba. Espero que hayás sido vos y no cualquier boludo. Todo esto es reloco, pero no quiero perder la esperanza… aunque ahora pasó algo y es que mi viejo ha estado enfermo. El sábado me voy para BsAs.

Al final del mensaje había un número telefónico. Sentía el corazón a mil al saberlo tan cerca.

—¿Sí? —contestó Martín con sorpresa. Andrea estaba tan emocionada que no podía hablar—. ¿Hola?

—Soy yo.

Él se quedó en silencio. Ella también. Un par de segundos después empezaron a hablar al tiempo. «¿Dónde estás? ¿Estás bien? ¡Quiero verte! ¡Voy para allá!». Andrea le dio la dirección de su apartamento, organizó un poco el lugar, acomodó los cuadros en los que estaba trabajando, se dio una ducha rápida.

Cuando abrió la puerta se besaron con desesperación, como si corrieran el riesgo de que alguien les robara el momento. Aguantando el aire, apretando el cuerpo del otro, oliéndose, sin saber qué decir, sin que fuera necesario pronunciar ninguna palabra.

—Dibujé mil veces tu boca con los ojos cerrados —le dijo Andrea besándolo con calma. Él se quedó mirándola, reconociéndola con el pelo más largo y con las raíces de su color natural.

Pasaron la noche despiertos hablando de todo lo que habían vivido en esos meses y fingiendo que el tiempo perdido se puede recuperar. Visitando todos los lugares de sus cuerpos que, aunque ya conocían, se sentían descubriendo por primera vez.

—¿Quieres acompañarme hoy adonde Nina? —le preguntó ella mientras desayunaban.

—¿Querés?

Ella se rió con energía. «Hay cosas que no cambian nunca».

Aunque le hubiera gustado que Martín la conociera, él la hizo caer en la cuenta de que era inapropiado llegar con un invitado sin avisar y ya faltaban pocas horas para la visita. Lo que Andrea no quería era separarse de él, pero sabía que tenía razón.

Cuando llegó encontró a Nina bastante decaída. Llevaba varios días con mucha tos y le dolía el pecho. Habían pedido una cita al médico, pero no había turno hasta dentro de tres semanas.

—Yo no creo que aguante tanto —le dijo mirando el cuadro de la tumba de Blanca.

—No diga eso, usted es una mujer muy joven.

—Tal vez, pero soy una muerta en vida.

—¿Por qué lo dice?

—Ay, mi niña, no se imagina lo que es ser madre soltera. Pasar de creerme la mujer de un hombre al que quería y admiraba para darme cuenta de que era la amante, y quedarme sola y marcada de por vida.

Andrea la tomó de las manos con ternura.

—Yo lo que quería era morirme, pero no podía hacerle eso a mi hijo.

—Y fue la mejor decisión. Yo... yo tuve un aborto hace varios años. Fue espontáneo —se apresuró a decir ante la mirada atónita de Nina—, pero me costó mucho quitarme la culpa y todavía tengo dolor por ese bebé que no nació.

Nina le pidió que pusiera a calentar el almuerzo que le había llevado su nuera en la mañana. En el recipiente había algo de arroz, plátano frito y dos huevos duros.

—No me morí, pero toda la vida estuve muerta. Lo peor es no saber qué fue de la vida de Dianita, eso me atormenta todas las noches mientras rezo; pensar que se quedó huérfana y que el papá seguramente le dio una mala vida. Es lo que más me reclama Blanca cuando hablamos.

Ambas estaban llorando. Andrea sentía también un dolor en el pecho: la necesidad de darle paz a esa mujer que había sido víctima de las circunstancias y que le había dado a ella la tranquilidad de saber que no había asesinado a su mamá.

—¿Alguna vez intentó buscarla? —le preguntó Andrea.

—No, niña, la verdad no. ¿Qué iba a decirle? Muchas veces he pensado que fue por mi culpa.

—¡No, claro que no! —le dijo con firmeza.

—Ay, eso lo piensa usted, pero ¿qué pensaría ella? Una niña que se queda sin su mamá...

El llanto de Nina se hizo más profundo y doloroso. Empezó a toser con fuerza, ahogándose. Andrea se levantó para darle agua y aprovechó para servir la comida.

—Le cuento que he estado trabajando en la pintura —mencionó para cambiar de tema mientras comían.

—¡Ay, qué maravilla!

—Nunca había hecho retratos, entonces me va a tomar más tiempo de lo que esperaba, pero creo que el resultado será muy especial.

Nina bajó la mirada con tristeza.

—También le cuento que llegó mi novio de Argentina ayer y quiero hacer muchas cosas con él; no creo que termine el cuadro en una semana, pero intentaré acabar rápido.

—¡¿No, pues, que no tenía novio?!

—Es una larga historia... Nos habíamos separado, pero ahora estamos juntos otra vez.

—Se le nota, niña. Hoy llegó muy radiante.

Cuando terminaron de comer Andrea se ofreció a lavar los platos y a organizar la cocina. Nina le contó que sus nietos no estaban yendo después de la escuela porque se sentía muy cansada para cuidarlos, pero que le habían mandado saludos y estaban muy contentos con los regalos.

—Aunque el papá... Bueno ese día cuando los recogió les dijo que andar pintando era cosa de niñas. Menos mal ellos ni le hacen caso.

Nina se quedó mirando a Andrea con detenimiento.

—Usted a veces se me parece a Blanca.

—¿¡Cómo!? —preguntó Andrea con miedo.

—Como los ojos... como la boca. Pero creo que más que eso es que usted también me escucha, son mis únicas amigas.

Andrea la abrazó con cariño.

—Me gustaría presentarle a mi novio, ¿qué opina?

—¡Ay, niña, qué belleza! Pero me da como pena que él venga a esta casa y yo ahora no puedo salir.

—No se preocupe, no hay por qué sentir pena. Lo único es que el sábado se va para Argentina... ¿Qué tal si venimos mañana? Yo traigo el almuerzo, es mi turno.

Nina sonrió por primera vez en esa tarde. Andrea le dejó algunos dulces que les había llevado a los niños.

Cuando regresó a la casa encontró a Martín, que ya había llevado sus cosas, tocando guitarra y cantando.

—Esta canción es para vos —le dijo cuando se paró a saludarla con un beso—. ¿Está todo bien?

—Nina está un poco enferma y además estaba muy triste... Se siente muy culpable por lo que pasó con mi mamá.

—¿Y le contaste?

—No, me muero de miedo.

—Pará, si ya pasaste por lo peor. Le contás y seguro descansan las dos.

—No sé… ya veremos cómo se da todo; le dije que vamos mañana para que la conozcas.

Estar con Martín era aislarse del mundo entero. Amaba meterle los dedos en el pelo, jugar con su barba, dibujar constelaciones con los lunares de su espalda, recostarse en su pecho, sentirlo dormir con esa tranquilidad inexplicable.

Prepararon el almuerzo mientras leían en orden todos los correos que él le había enviado. Fue así como Andrea se enteró del enorme esfuerzo que Martín había hecho para encontrarla; ella sabía muy bien lo frustrante que era buscar respuestas sin tener las preguntas correctas.

Cuando llegaron a la casa de Nina se tardó un buen rato en abrirles. Le costaba mucho moverse y respiraba con dificultad. Abrazó a Martín como si lo conociera de toda la vida mientras le hacía un gesto de aprobación a Andrea.

—Será mejor que no nos demoremos para que descanse.

—¡No, niña, al contrario! Me pone muy feliz que vengan.

La mujer le hizo muchas preguntas a Martín buscando averiguar si era un buen hombre. A ambos les causaba gracia el interrogatorio y era evidente que Nina le había tomado mucho cariño a Andrea. Tuvieron que ayudarle a comer y apenas probó una pequeña parte cuando empezó a toser con intensidad.

—Creo que debe ver al médico.

—No… hay… cita —respondió Nina con dificultad.

Con señales les pidió que la acomodaran en la cama. Andrea le preparó una aromática y le ayudó para que se la tomara en pequeños sorbos. Después de unos minutos se veía mejor.

—Mi niña, estuve pensando en lo que me preguntó ayer. Yo nunca busqué a Dianita, pero tal vez usted pueda... —Nina hizo una pausa antes de continuar y pudo ver que Andrea hizo un gesto de terror—. Sé que esto que le pido es demasiado, pero necesito saber que ella está bien... Al menos eso.

Andrea cerró los ojos intentando tomar la mejor decisión. Al abrirlos notó que Martín la incitaba a que le contara la verdad.

—Nina, tengo que decirle algo —empezó Andrea con vacilación— es muy difícil para mí y quiero que entienda que no tiene nada que ver con nuestra amistad.

—¿Cómo así?

—Perdóneme, pero es muy duro; casi desde que la conocí estoy pensando cómo tocar el tema.

Martín le tomó la mano en señal de apoyo. Nina se acomodó mejor en la cama para escucharla atentamente.

—¡Ya me está asustando! Pues lo mejor es decirlo y ya, ¿cierto?

—Sí, es lo mejor. —Andrea tomó agua y suspiró—. Yo soy Diana, la hija de Blanca.

—¡¿Cómo?! —preguntó Nina con incredulidad—. Con eso no se juega, Andrea.

—Es la verdad —respondió con vergüenza.

Nina buscó la mirada de Martín quien asintió confirmando lo que su novia había dicho.

—Pero… ¿cómo? —volvió a preguntar Nina.

—Crecí en México con mi papá, con otro nombre y sin saber nada de lo que había pasado. Hace unos años volví a buscar a mi mamá y supe que había muerto. —Hizo una pausa para secarse una lágrima que empezaba a caer—. Que yo la había matado.

Nina la miraba con atención, con los ojos humedecidos y las manos apretadas contra el corazón.

—¿Por qué no me lo dijo antes?

—No sé… Nunca parecía un buen momento. No sabía cómo iba a reaccionar.

Desde la cama le extendió las manos y Andrea se levantó para abrazarla.

—Mirá, Blanca, aquí está tu hija: viva, hermosa, feliz, amada —dijo Nina mirando el cuadro que Andrea había pintado.

—Entonces… ¿no está enojada?

—Claro que no, mi niña, estoy muy feliz. ¡Hay que contarle a Rodrigo! ¡A los niños! Mi hijo tiene una hermana, mis nietos tienen una tía. Esto es un milagro.

Se paró para darles besos y abrazos a los dos, quería contárselo a todo el barrio (aunque a nadie le importara), pero la energía le duró poco y un nuevo ataque de tos la llevó a la cama.

—Gracias, Nina, significa mucho para mí. Fue muy lindo saber que tenía un hermano y dos sobrinos, pero esperemos antes de decirles, son muchos sentimientos a la vez.

—Lo importante ahora es que vos estés bien —puntualizó Martín, ayudándola a tomar un poco de agua.

Se quedaron un rato más con ella, contándole cómo se habían conocido, sobre la carrera de ambos y cómo era la vida en Argentina.

—Gracias por apoyarme en esto —le dijo Andrea a Martín cuando llegaron al apartamento. Él la abrazó.

El resto de la semana fue muy intensa, querían hacer muchas cosas antes de que él viajara a Argentina.

—¿Y si te venís conmigo? —le preguntó Martín.

—Quiero, pero Nina me necesita y está todavía el tema de mis primas...

La despedida en el aeropuerto fue muy emocional para los dos, con la incertidumbre de la distancia y la certeza de que estaban más enamorados que nunca.

22

Quería dedicarse el domingo a pintar el cuadro de su mamá con Nina, pero recibió un mensaje de Magdalena pidiéndole que la ayudara; le dijo que se había enfrentado a John Jairo para confirmar si era quien estaba amenazándola y él, después de golpearla, se había ido como un loco.

Tienes que ir a la Policía.

No puedo, tengo mucho miedo.

¡Sí puedes!, ¿quieres que te acompañe?

No, no puedo.

¿Cómo te ayudo entonces?

Me da miedo que regrese borracho y esté más violento… ¿Puedo irme a su casa mientras se le pasa?

Andrea no lo dudó y le envió la dirección. Preparó un sofá que tenía en el estudio para que se quedara el tiempo necesario. Sentía que podía ayudar a su prima como tantas veces la había ayudado Paula a ella. Una hora después el vigilante le avisó que Magdalena había llegado, abrió la puerta y John Jairo entró al apartamento con violencia, seguido tímidamente por su esposa.

—¿Qué es esto? Por favor váyase ahora mismo de mi casa —le dijo Andrea sin entender lo que pasaba, retrocediendo con sorpresa.

—¿Qué pensó?, ¿que Magda iba a ponerse de su lado?

Las dos cruzaron miradas y Andrea pudo ver en el gesto de su prima el pánico que le tenía a ese hombre.

—¿Qué quiere?

—¡Que se muera! —le gritó él.

—Pues le va a tocar matarme —respondió Andrea con firmeza sin creer que estuviera diciendo esas palabras, mientras Magdalena (que había ajustado la puerta) empezó a llorar—. ¡Yo no le tengo miedo!

John Jairo la agarró del brazo y ella intentó darle una cachetada. El hombre sacó un arma que llevaba escondida debajo de la camisa.

—¡¿Qué es esto?! —le gritó Magdalena con terror.

—Ya la oiste, ella misma me lo pidió —respondió él apuntándole a Andrea.

—Pero te dije que no fue su culpa, ella no mató a la mamá.

El hombre se giró para callar a su esposa y Andrea aprovechó para marcar a la línea de emergencia desde su celular.

—Esto podemos resolverlo, baje el arma —le dijo fingiendo la calma que no tenía—. No sé si usted sabe que acá en el edificio Los Cedros vive el Capitán Fernández de la Policía, es mi vecino del apartamento del lado, del 503 —Andrea esperaba que alguien la estuviera escuchando y que entendiera sus señales—. No vale la pena que me mate y termine en la cárcel. ¿Cómo va a cambiar eso las cosas para Magdalena y para Laura? —Él la escuchaba atentamente sin dejar de apuntarle—. Imagínese los titulares: «El director de seguridad de la fundación Nuevos Destinos asesina a Andrea Hernández, prima de la directora».

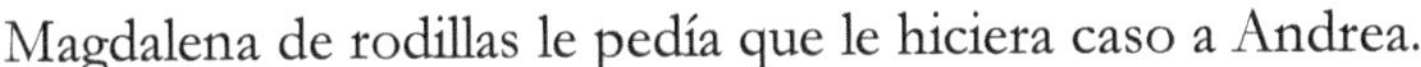

Magdalena de rodillas le pedía que le hiciera caso a Andrea.

—Pero usted... —dijo él vacilando por primera vez.

—¿Qué cosa?

—Usted es la culpable.

—¿De qué exactamente? —preguntó Andrea acercándose más a él.

—De este dolor —respondió él mirando a Magdalena quien negaba con la cabeza llorando en silencio.

—Yo también crecí con muchas mentiras. No recordaba a mi mamá, ni siquiera sabía mi nombre —le dijo Andrea bajando los ojos y mostrándose vulnerable—. Solo he conocido la felicidad a pedacitos y toda mi vida he sentido que hay un vacío que no se llena nunca.

—Escúchela John Jairo —le dijo Magdalena poniéndose en pie.

Los tres se quedaron en silencio, él bajó el arma.

—He perdido a todas las personas importantes para mí, incluyendo a mi propio hijo. —Andrea tenía lágrimas en los ojos—. He sufrido de ansiedad desde que recuerdo, de depresión crónica durante muchos años —les decía con la voz quebrada—, he sido adicta... No sé cuántas veces he pensado que no vale la pena vivir.

Andrea no podía hablar más, tenía las manos cruzadas sobre la boca, queriendo detener esas palabras que ya había dicho, aguantando el llanto con desesperación, sabiendo que amaba la vida con una intensidad que apenas estaba descubriendo, que no quería morir, no en ese instante, no ahora que tenía a Martín, a Paula, a Nina, a sus sobrinos.

—¡No es verdad! —dijo él apuntándole de nuevo—. Laura…

—¿Qué pasa con Laura? —preguntó Magdalena.

—Ella me dijo... Ella me dijo… —respondió él con voz temblorosa y llorando también.

—¿¡Qué le dijo!? —le volvió a preguntar su esposa, reclamándole con firmeza.

—Ella me dijo... Ella me dijo… —repetía él, temblando.

Magdalena se acercó hasta que la pistola le tocaba el pecho.

—¡¿Qué te dijo mi hermana?! —gritó una vez más.

John Jairo no sabía cómo explicarle a Magdalena el odio que durante años había alimentado Laura en él, sin confesarle que estaba enamorado de su cuñada. Empezó a fantasear con ella en la época en la que se obsesionó con la pornografía. Veía en Laura a una mujer fuerte, sin miedo a nada, activa, muy sensual, que impactaba a donde llegaba. Cuando se acostaba con su esposa se imaginaba teniendo sexo con ella, y el miedo y la falta de experiencia de Magdalena le parecían vacíos al lado del erotismo que le transmitía Laura. Finalmente concluyó que la forma de conquistarla era cumplir con todo lo que le pidiera sin medir los límites ni las consecuencias.

Se creó una simbiosis en la que él se encargaba del trabajo sucio y ella le hacía sentir que ganaba terreno con pequeñas expresiones de cariño. Su obsesión por el sexo fue transformándose en el deseo de complacerla ajusticiando a todas las personas que ella le señalaba como posibles culpables. Sin cuestionar nunca sus motivos o la certeza de sus acusaciones, él interpretaba los comentarios más básicos como instrucciones severas. Si ella decía «Este caso no tiene solución» para él significaba una sentencia de muerte. El placer que le generaba causar miedo, dolor o, inclusive, asesinar a los abusadores que no recibían castigo por la vía legal, era más fuerte que cualquier placer obtenido en el sexo y se multiplicaba al verla a ella satisfecha con los resultados.

Después de la muerte de Blanca, Fernanda encontró los diarios que llevaba su hermana, en los que hablaba de lo difícil que era su vida con José y lo sola que se sentía. Se culpó por no haberse dado cuenta antes lo cual la llevó a la depresión y al suicidio, marcando el destino de sus hijas.

Laura creció con un deseo de venganza profundo que no se llenó ni siquiera cuando John Jairo torturó a su abuelo empalándolo, y le causó un daño tan severo que murió a los pocos días por la infección. Aunque desde un punto de vista racional sabía que su prima no era la culpable, cuando Andrea apareció en sus vidas Laura inmediatamente volcó en ella el dolor con el que había crecido. No podía dejar de pensar que su vida había cambiado para siempre por culpa de esa niña de cinco años que le disparó a su tía, y afirmaba que solo podría descansar y ser feliz cuando Andrea recibiera su castigo.

Fueron esos comentarios los que lo motivaron a amenazar a Andrea. Laura nunca le dio instrucciones explícitas, pero John Jairo se encargaba de contarle las cosas que hacía para asustarla y ella se mostraba complacida. Ambos sabían que el miedo es la base de la tortura, que mantenerla asustada era la venganza más cruel porque podían extenderla por años.

—¡¡Respondeme!! —le exigió Magdalena a su esposo con una fuerza que él desconocía.

—Perdoname —respondió él casi como un susurro, poniéndose el arma en la sien.

La puerta se abrió de repente. John Jairo se giró con el ruido. Andrea se lanzó sobre su prima. Ambas cayeron al piso. Hubo gritos y finalmente un disparo. John Jairo se desplomó al lado de su esposa que no lograba entender lo que pasaba, sintiendo con terror la sangre caliente que la mojaba mientras Andrea la apretaba para que no se moviera.

Uno de los policías las ayudó a pararse. Magdalena gritaba y lloraba. Andrea temblaba. Las alejaron de John Jairo que seguía en el piso y las obligaron a sentarse en el comedor, desde donde no escuchaban muy bien lo que decían.

—¿¡Está muerto!? —preguntaba Magdalena con angustia—. ¿¡Está muerto!? ¿¡Está muerto!?

Andrea vio a su vecino entrar al apartamento, cruzar algunas palabras con los policías y dirigirse a ellas.

—Vamos a la habitación, mis hombres necesitan hacer su trabajo —les dijo después de presentarse.

Les preguntó sus nombres y les pidió que le contaran lo que había pasado. Desde la habitación podían escuchar movimientos y personas hablando en la sala. Andrea intentó explicar brevemente la situación y él la oyó con mucha atención.

—¿Está muerto? —volvió a preguntar Magdalena.

—Lo debe declarar el médico, pero con el disparo que se dio lo más probable es que sí —respondió él con frialdad.

—¿Mi marido se suicidó?

—Así parece, pero habrá una investigación.

Las dos se abrazaron llorando en silencio. Andrea recordaba con horror la muerte de su mamá, se sentía repitiendo la escena con otros protagonistas. Magdalena pasaba del llanto histérico a la abstracción; se mecía en silencio. Veía los rastros de sangre en su ropa y en su cuerpo y se quedaba paralizada intentando entender cómo había pasado todo eso. El capitán Fernández las dejó solas y les pidió que no salieran hasta que terminara el proceso. Minutos después una mujer entró a la habitación y le pidió a cada una la declaración oficial, llevándolas por separado al estudio.

Después de algunas horas les avisaron que habían terminado y les dieron instrucciones sobre lo que debían hacer para reclamar el cuerpo una vez finalizara la investigación preliminar. Andrea le sugirió a su prima que se diera una ducha mientras ella organizaba y le sacó algunas prendas para que se cambiara.

La escena era difícil de asimilar. Habían movido las cosas y veía sangre en todos lados. Necesitaba limpiar antes de que Magdalena saliera del baño. Preparó un té caliente y le envió un mensaje a Martín contándole lo que había pasado.

—¿Quieres llamar a tu hermana? —le preguntó Andrea a su prima cuando la vio salir.

—No... —dudó Magdalena mirando el espacio donde horas antes estaba su esposo muerto en el suelo—. No todavía.

—Puedes quedarte si quieres.

Compartieron la cama, pero durmieron poco. Magdalena pasó por momentos en los que lloraba con desesperación que se mezclaban con pesadillas del pasado.

—¡Es mi culpa! —le dijo después de despertarse gritando.

—¡Claro que no!, ¿cómo puedes pensarlo?

—Yo le conté, yo lo traje aquí…

Andrea se veía, con tristeza, reflejada en su prima: culpándose siempre por las acciones de los demás. Como en una revelación, entendió que era la culpa lo que la había consumido durante años, el núcleo de ese hoyo negro que engullía todo lo que se acercaba.

—¡No es tu culpa! Él era un adulto, él tomó la decisión. Mírame —le dijo sosteniéndole la cara con las manos—: John Jairo no pudo sanar su dolor, pero tú sí puedes. —Magdalena la observaba con incredulidad—. Si yo pude… si yo pude tú también puedes.

La escena se repitió varias veces hasta que se hizo de día. Ambas estaban agotadas, pero había algo de magia en ese momento porque a pesar de todo la vida continuaba. Después de desayunar Magdalena llamó a la iglesia para contarle al sacerdote lo que había pasado; ambas fueron a su apartamento para que pudiera cambiarse y recoger algunos documentos que debía llevar a la morgue para seguir con los trámites. Mientras esperaban a que las atendieran, recibió una llamada de su hermana.

—¿Sabes de John? No aparece y necesito que atienda un caso —preguntó Laura.

—Él… él está muerto —respondió Magdalena con vacilación, escuchando de su boca esas palabras que todavía le parecían irreales.

—¿Qué cosa? ¿Cómo así?, ¿dónde estás?

Magdalena le explicó con dificultad que su esposo se había suicidado y que ella estaba haciendo los trámites para reclamar el cuerpo.

—Ya voy para allá.

—No, no vengas; te aviso cuando esté en la sala de velación.

—¿Cómo así? No te voy a dejar sola —le dijo su hermana.

—No estoy sola… —Magdalena hizo una pausa dudando sobre lo que diría a continuación— …Estoy con la prima Andrea.

Laura empezó a gritar, a tratarla de loca, de traidora, de desubicada.

—Te llamo de la sala de velación —Magdalena cerró la conversación y apagó el teléfono.

De allí se fueron a la parroquia, donde el sacerdote la recibió con un abrazo y las invitó a rezar mientras que la funeraria organizaba todo. Andrea vio a Magdalena con una actitud diferente, un poco más segura.

—Cuando mi hermana llegue va a ser un momento difícil. Creo que es mejor que no te vea hasta que hable con ella.

—Sí, te entiendo, pero… no quiero dejarte sola.

—No te preocupes, voy a estar bien. ¡Tiene que escucharme! Esta locura se acaba hoy.

Andrea se quedó en el despacho de la casa cural donde aprovechó para llamar a Martín y contarle en detalle lo que estaba pasando. Pudo hablar con su suegro quien le aseguró que la recuperación avanzaba bien.

Después de un buen rato, un hombre joven entró a la oficina para avisarle que todo estaba listo y que la habían mandado a buscar. Andrea entró a la sala de velación titubeando. En la mitad del salón estaba el ataúd cerrado y, en una esquina, sus primas sentadas frente a frente. Laura miraba hacia el suelo mientras que Magdalena le hablaba como una madre que regaña a un niño pequeño. Tomó aliento dispuesta a lo que pudiera venir.

Magdalena le acercó una silla y la invitó a sentarse.

—Dile —le ordenó a su hermana—. ¡Díselo!

—Perdón —Laura levantó los ojos hacia Andrea—. Perdóneme.

Andrea no sabía qué decir, no esperaba esa actitud.

—Perdónanos —agregó Magdalena.

Algunas personas empezaron a llegar para la velación, la mayoría de ellas de la fundación. Después de la noche tan intensa que pasaron Andrea se sentía agotada y se imaginaba que su prima estaba igual, pero no quería irse a descansar.

—Yo me quedo con mi hermana —le dijo Laura.

—¿Segura?

—Sí, tranquila. Andrea… —su prima se quedó en silencio.

—Dime...

—Yo no tengo la capacidad de mi hermana de perdonar y todavía siento mucha rabia, aunque voy entendiendo muchas cosas. El odio que le he tenido me quema... No sé explicárselo.

Andrea la observaba en silencio.

—Tal vez algún día, pero ahora... —añadió Laura.

—Lo sé, es un proceso y lo entiendo.

La mañana siguiente, después de una ceremonia religiosa muy sentida, enterraron a John Jairo en el mismo cementerio en donde estaba Blanca. Andrea recordó que era martes y Nina la debía estar esperando.

23

La mayoría de los días Andrea se sentía plena con su nueva vida, pero a veces pensaba que no merecía tanta felicidad y tenía miedo de que todo se rompiera en cualquier momento. Una vez su suegro se recuperó, Martín regresó a Medellín en donde decidieron instalarse para estar cerca de Nina y de sus sobrinos.

Después de la muerte de John Jairo, Magdalena decidió tomar el control de su vida y Andrea fue su principal apoyo en ese proceso de descubrir realmente quién era como mujer y como persona, más allá de la pareja con quien había compartido los últimos años. Empezó terapia con el doctor Cadavid y progresivamente identificó qué la hacía feliz, con qué se sentía cómoda y cómo quería proyectarse hacia el futuro. Su conexión con la religión, que durante tantos años la mantuvo atada a un matrimonio lleno de odio e infelicidad, le sirvió para perdonar (y perdonarse), para aprender a sentir compasión hacia sí misma y hacia su pasado y para abrirse a conocer a otras personas. Inició un grupo de apoyo para víctimas de abuso sexual.

La relación entre Andrea y Laura se había quedado estancada. Se veían ocasionalmente cuando coincidían en la casa de Magdalena y se trataban con la cordialidad de unas parientes lejanas. Su hermano no había tomado bien la noticia y se negaba a tener cualquier contacto con ella. A pesar de ambas dificultades, todo lo demás estaba funcionando bien y una próxima exposición de su obra la tenía muy emocionada.

Organizó el encuentro con Paula, Camilo y la pequeña Andrea para que coincidiera con la celebración de sus cuarenta años. Sabía por su amiga que estaban pasando por un momento difícil como pareja: ella sentía que era un error vivir en Bogotá donde no tenía amigos y todo su tiempo lo dedicaba al trabajo y la niña. Él estaba obsesionado con asegurar el futuro económico de la familia y se esforzaba incansablemente para consolidar su posición profesional. Paula pensaba que pasar unos días en Medellín les ayudaría a revisar sus prioridades e intentaría convencer a Camilo de que se mudaran.

Fue a recogerlos al aeropuerto y con solo verlos se dio cuenta de que su vida estaba completa y que ningún problema volvería a separarlos. Paula se abalanzó a abrazarla, ambas lloraban ignorando al resto del mundo. El amor que se tenían había crecido con la distancia y su emoción terminó por contagiarlos a todos, hasta la pequeña Andrea se reía a carcajadas sin entender lo que pasaba. Era la bebé más feliz del mundo y desde ese momento se robó el corazón de su tía putativa.

Mientras apagaba las velas del pastel sintió que tenía la familia perfecta; no era como la había imaginado durante tantos años, pero eran exactamente las personas a quienes amaba y con las que se sentía feliz: Martín, Nina, Carlos, Enrique, Paula, Camilo, Andreita y Magdalena.

Podía ver sus recuerdos desde otra perspectiva y con mayor claridad, sin juzgar las decisiones que cada uno había tomado. A veces llegaban imágenes de su mamá y con dolor pensaba en todo lo que se había perdido, pero cuando empezaba a culpar a su papá recordaba que por esa tragedia él se había convertido en el padre que de otra forma nunca habría sido. «Perdí a mi mamá para ganarte a ti, papito». Sabía que tantas relaciones que en algún momento había catalogado como «inútiles» habían sido parte del proceso para encontrar en Martín al compañero de vida que en otras condiciones (posiblemente) no hubiera identificado.

Él estaba explorando un nuevo camino en su carrera artística, preparándose como cantante y no solo trabajando como compositor y arreglista. Durante años había tenido miedo a ponerle la cara a su música, pero Andrea lo había lanzado casi por accidente después de subir en sus redes sociales un video en el que cantaba durante un ensayo. Seguían teniendo conflictos cuando cada uno estaba en momentos de trabajo intensos, pero recordaban tantas cosas difíciles que habían vivido y encontraban la manera de poner todo en balance.

La cita de los martes con Nina era inamovible y ambas la esperaban con cariño. Andrea nunca pintó el cuadro que le había prometido y, siguiendo la recomendación de Martín, hizo un montaje digital con las fotografías que quedó tan bien hecho que nadie dudaba que fuera una imagen real. Nina la exhibía con orgullo en un portarretratos y mantenía la costumbre de contarle a Blanca todo lo que pasaba en su vida, ahora con un nuevo tema de conversación: la vida de su hija, una exitosa pintora.

Aunque su salud se seguía debilitando, Nina intentaba mantener la energía con la ilusión de ver crecer a sus nietos, quienes cada día estaban más apegados a su tía que amaba llenarlos de regalos y consentirlos. Era ella quien los llevaba al cine cuando estrenaban sus películas favoritas, la que los motivaba a descubrir sus talentos artísticos y deportivos y con quien pasaban muchos días durante las vacaciones. Rodrigo se había ido a vivir con otra mujer y culpaba a Andrea de que sus hijos se estuvieran alejando de él, sin darse cuenta de que no eran los regalos lo que los niños valoraban sino el tiempo que les dedicaba tratándolos con cariño y respeto.

Su primera exposición en Colombia fue muy exitosa y, sin tener que esconderse, empezó a hablar abiertamente del largo camino que había recorrido antes de reconocer su talento, oculto durante muchos años tras el diseño. La habían entrevistado en varios medios, incluyendo el principal periódico de circulación nacional en el que le dieron una cobertura especial a su obra.

Al día siguiente recibió un mensaje de Rodrigo pidiéndole que hablaran. Andrea le dijo que podían verse la semana siguiente cuando visitara a Nina, pero él insistió en que fuera antes y organizaron un encuentro esa tarde en la galería.

Lo vio dando vueltas afuera del local sin atreverse a entrar, lo que le preocupó (considerando lo decidido que había sido las pocas veces que se habían encontrado). Salió a buscarlo para que tomaran algo en un restaurante que había cerca.

—¿Cómo están los niños? —le preguntó él con tristeza.

—Bien, ya estudiando para los exámenes de final de año. ¿No los has visto?

—La mamá está muy enojada, no me deja verlos.

—Ay, Rodrigo, no sé en qué peleas estén ustedes, pero tienes derecho a ver a tus hijos. ¿Quieres que hable con ella?

—No, tranquila, eso se le pasa —respondió él sin darle mayor importancia al tema.

—Ah… ¿entonces para qué querías verme?

Él abrió su morral y sacó un rollo de papeles.

—Voy a mostrarle algo muy delicado, Andrea, y le pido por favor que me prometa que nadie se va a enterar.

Ella se asustó. ¿Otro secreto? ¿Sería algo de su papá o de Nina?

—Prométame, Andrea.

Lo dudó, pero intuía que para él era algo muy importante. A pesar de que no habían construido ninguna relación como hermanos, quería mucho a Nina y a sus sobrinos.

—Sí, te lo prometo.

Rodrigo intentó desatar el nudo de la cuerda que sostenía los papeles pero estaba nervioso y actuaba con torpeza. Se desesperó y se detuvo.

—Sabe qué… olvídelo; es una estupidez.

Ella tomó el rollo y con cuidado deslizó la cuerda hasta liberar los papeles.

—Ya estamos aquí; seguramente es algo importante —le dijo Andrea entregándole el paquete—, pero es tu decisión.

Él titubeó y trató de poner de nuevo la cuerda. Finalmente cerró los ojos, respiró profundo y empezó a extenderlos. Andrea distinguió algunos dibujos de paisajes hechos a lápiz. Estaban llenos de detalles y, aunque carecían de técnica, mostraban un gran talento.

—¿De quién son? —preguntó ella después de observarlos por un largo rato.

—Míos.

—Pero ¿quién los dibujó?

—Yo, yo los hice —respondió él bajando la mirada con vergüenza.

Andrea se sintió conmovida. Ese hombre que actuaba siempre de manera brusca y sin mostrar ningún sentimiento, en realidad era un artista. Volvió a repasar los dibujos con cuidado, encontrando que en muchos incluía familias felices con niños de la edad de sus sobrinos.

—Le dije, es una estupidez —dijo él enrollando de nuevo los papeles.

—¡No, Rodrigo!, son hermosos.

—No se burle de mí.

—Es de verdad, me gustan mucho. —Extendió los dibujos otra vez sobre la mesa—. Si tú quieres puedo enseñarte algunas técnicas y darte mejores materiales. —Hizo una pausa y él esbozó una sonrisa—. Te aseguro que muy pronto vas a ver un gran avance.

—¿Usted cree?

—Sí, definitivamente. Es más, me parece que Enrique heredó tu talento —le dijo mientras buscaba en su celular un dibujo que había hecho su sobrino.

Su hermano se conmovió con la imagen que ella le estaba mostrando.

—¿Y Carlos también dibuja?

—Noooo, lo de él es el fútbol —respondió ella en el momento en que sonó su teléfono—. Ahora tengo que volver a la galería, pero ¿qué tal si programamos unas clases? Si no te molesta me gustaría estudiar mejor los dibujos para enfocar lo que debemos trabajar.

Él asintió y ella los enrolló con mucho cuidado. Llevaban tanto tiempo así que no hacía falta ni siquiera atarlos.

—Andrea… Gracias.

—No hay de qué, es con mucho gusto.

—También por esto, pero gracias por lo que hace por mi mamá y por mis hijos.

Rodrigo tenía los ojos humedecidos y Andrea se atrevió a abrazarlo. Él se apartó rápidamente y quedaron de verse de nuevo el lunes en la mañana en el apartamento de ella, donde podían trabajar tranquilamente.

Fue la última vez que lo vio. Un par de días después Nina la llamó desconsolada para contarle que una bala perdida lo había matado. La noticia salió en el periódico: decía que le habían disparado cuando participaba en el atraco a un supermercado y se referían a él como un delincuente común que ya tenía un historial por robos menores. «¡Qué difícil es aceptar la verdad sobre las personas que amamos!».

Rodrigo había crecido sin una figura paterna que le diera seguridad. De sus abuelos solo había recibido desprecio y sus tíos le habían enseñado a desconfiar de todo, en especial de las mujeres, a quienes consideraban manipuladoras y oportunistas. Aunque Nina intentó ser una buena madre, trabajaba muchas horas cada día para conseguir lo mínimo para vivir y él creció en la calle, con los otros niños del barrio, sin nadie que le pusiera límites, le mostrara el amor o le ayudara a encontrar sus talentos. Lo expulsaron de varios colegios públicos y sin poder pagar uno privado, empezó a involucrarse con un grupo de malandros del barrio cuando todavía era un adolescente. Ellos fueron su familia. Le enseñaron a sacar productos de los supermercados sin que se dieran cuenta, a robar billeteras en los buses y a engañar a su mamá para que no lo descubriera. Con ellos aprendió sobre motos, licor y sexo. Lo único que no les compartió nunca fue su interés por el dibujo por miedo a perder su respeto y a que lo consideraran un «marica».

Mientras veía cómo cubrían el ataúd con tierra, Andrea agradeció por haber tenido la capacidad de tomar las riendas de su destino, de apagar el piloto automático que la llevaba a anhelar una familia de revista aunque fuera una ilusión inalcanzable, de enfrentar los miedos que durante años la habían mantenido alejada de su talento, de atreverse a descubrir la verdad por dolorosa que fuera y, en especial, por elegir el futuro que valía la pena vivir, dejando atrás las pesadillas de un pasado que ya no la definirían nunca más.

AGRADECIMIENTOS

Las palabras de este libro se unieron gracias a decenas de personas que me han apoyado en el proceso de convertirme en escritora. A cada uno de ellos les agradezco por todo lo que hacen cada día.

A David, mi esposo, que cada día me reta y alienta. A mi mamá, por enseñarme a luchar por mis sueños y a mi hermana por apoyarme en todo lo que hago.

A Natalia Hernández Zuluaga, editora y correctora de esta novela, por creer en la historia, mejorarla y acompañarme en todas mis locuras.

A Yule Gómez por su punto de vista como psicóloga, a Danilo Rojas por ser el pintor que ayudó a Paulina a encontrar su estilo, a Martín Tolcachier por su revisión sobre detalles de Argentina, a Diana Castillo por ayudarme a puntualizar algunas cosas sobre Chile y a Alexandra Salazar por enseñarme algunos lugares de Medellín que no conocía.

A los lectores beta que me señalaron todo eso que merecía ser revisado: Adriana de la Barrera, Alejandra Salazar, Alexandra Castillo, Ana Gamboa, Anamaría Loza, Andrea Lemos, Andrés Velasco, Angélica Torres, Camila Silva, Carolina Gil, Catalina Carrillo, Claudia Monge, Claudia Ramos, Danna Ángel, Javier Eduardo Bocanegra, Gregorio Patiño, Julio César Martínez, Juan Guillermo Gallego, Karina Kellerman, Keren Rivas, Laura González, Liliana Galvis, Lina Galiano, Lina Ríos, Lorena Carvajal, Luis Jaime Gutiérrez, María Botero, María Lamprea, María Margarita Soto, Massiel Cruz, María Zuluaga, Mónica Jiménez, Natalia Galeano, Paola Casasbuenas, Paola Portillo, Paula Daniella Duarte, Paula Zapata, Ricardo Corredor, Sarali Cota, Sebastián Vásquez, Silvana Segura, Tatiana Alexandra Bocanegra, Tatiana Velásquez, Valentina Sandoval, William Barreto y Zaira Elejalde.

A los escritores Arcesio Romero, Carlos Montaño y Wilfrido González, quienes además de ser lectores beta, aportaron su conocimiento en el oficio.

A Alba y Pablo de Gingermagenta por enamorarse de este libro y darle una identidad.

A cada lector de *Me muero por vivir* por apoyarme en mi proceso como escritora y por enseñarme tanto sobre mi primera novela.

A quienes me siguen en las redes sociales por acompañarme con sus interacciones en este oficio solitario.

A ti, por estar aquí, por darle vida a esta historia con tu lectura.

Te invito a que me envíes tus comentarios sobre
Detrás de mi nombre a alexandra@alexandracastrillon.com
y a que dejes una reseña en tu plataforma favorita,
esto me ayuda a tener mayor visibilidad ante otros lectores

Conoce mis otras novelas y empieza a leerlas gratis hoy mismo:

Me muero por vivir
Una novela sobre el amor, los viajes y la enfermedad.

Galardonada con el Premio Isabel Allende al libro más inspirador de ficción de International Latino Book Awards 2021.

alexandracastrillon.com/me-muero-por-vivir/

Entre redes
Una novela sobre el amor contemporáneo, la manipulación y las segundas oportunidades.

alexandracastrillon.com/entre-redes/

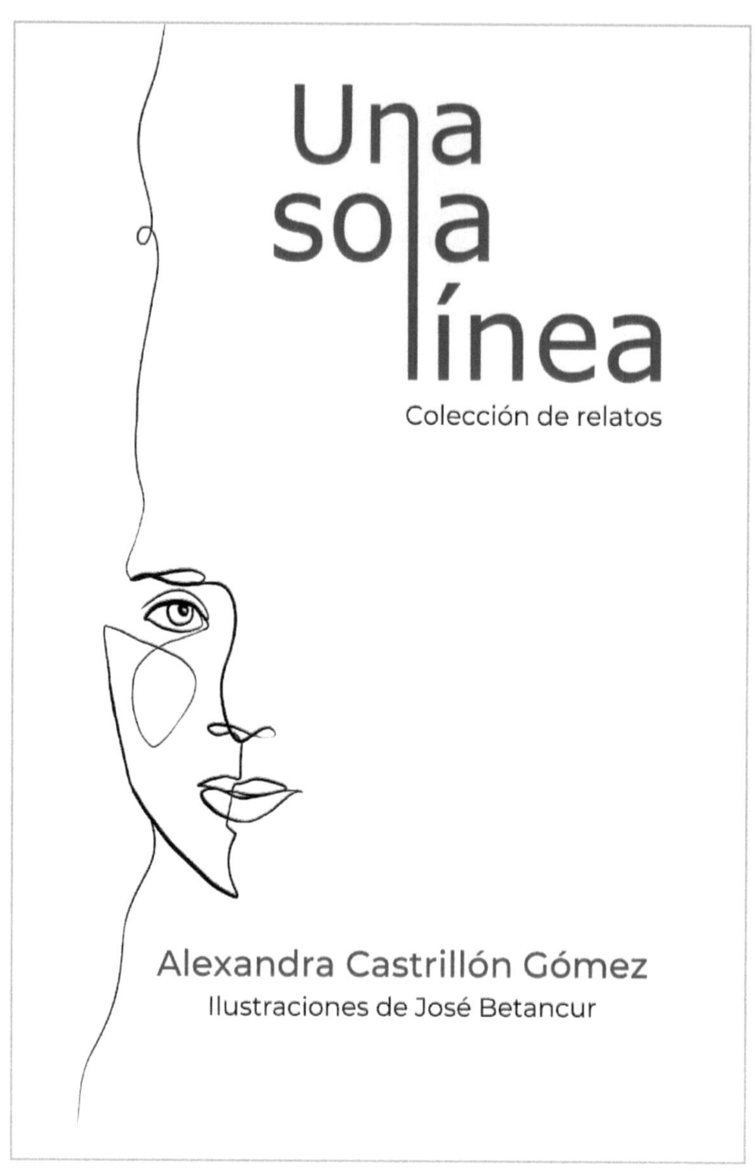

Descarga gratis mi libro **Una sola línea**
una colección de dieciséis relatos, ilustrados por José Betancur:
alexandracastrillon.com/descarga-gratis-una-sola-linea/

www.ingramcontent.com/pod-product-compliance
Ingram Content Group UK Ltd.
Pitfield, Milton Keynes, MK11 3LW, UK
UKHW041638190726
13854UKWH00006B/2558